H. J. Schiffer • Tod der Mücken

AF289108

H. J. Schiffer

TOD
der
MÜCKEN

Verlag Schatzkammer
Department of Languages, Linguistics, and Philosophy
University of South Dakota
414 East Clark Street
Vermillion, South Dakota 57069-2390
USA

Lektorat: Gert Niers
Ocean County College, New Jersey

Geschäftsleitung: Werner Kitzler
University of South Dakota

Januar 2005
© Annette Schiffer
Satz und Layout: Opus I
Umschlaggestaltung: Kay Fretwurst, Spreeau
Herstellung und Verlag: Books on Demand GmbH, Norderstedt
Printed in Germany • ISBN 3-8334-1853-2

Gewidmet
meinem Freund Prof. Dr. Gert Niers
New Jersey

KAPITEL 1

Inzwischen thront der Sommer in den erhitzten Molekülen der Luft, misstrauisch und gereizt, fast schon ein bisschen respektlos, als wollte er die Seelen der Menschen ungeschminkt in ihren Körpern baumeln sehen, vielleicht noch mit der Ungezogenheit, dass man nackt und bloßgestellt seine Wünsche entschieden ergiebiger an den Tag verschenken kann.

Es ist die Ideologie einer Stadt, zu einem monströsen Gespenst heranzuwachsen, geführt an einer Leine, die sich von Haus zu Haus spannt, die schmalen Gassen zusammenzieht und den Einblick in die Wäsche des Nachbarn auf beängstigende Weise gewährleistet, nicht zuletzt sie hier wie da von Schweiß und Blut gewaschen sein will.

Hier in L. N. klebt das Leben an einer Fliegenklatsche, zuweilen mit dem Bedürfnis, Tod und Teufel darunter zu beerdigen. Selbst wenn sie manchmal nur den Mücken gilt, lästig genug sind sie allesamt, um sie ins Jenseits zu befördern. Wobei nicht auszuschließen ist, dass man auch an gehässigere Dinge gedacht haben könnte. Diese Stadt hat der Welt reinstes Gewissen nie sonderlich gestört. Wer immer nur ehrlich denkt, besitzt entweder keine Fantasie oder weiß nicht, wozu der Nebenmann fähig ist. Insofern sind dann auch die meisten nur so aufrichtig, wie es die Schlechtigkeit der Mitmenschen zulässt. Man genießt die Gesichter, die mit den Falten der Wahrheit bestraft sind, und beneidet die Dummschwätzer, die sich um nichts scheren und bestens dabei aussehen.

Gäbe es eine olympische Disziplin im Fratzenschneiden, müsste man sich diese Gegend merken. Kaum jemand, der nicht die Zunge des Nachbarn schon einmal im Gesicht verspürte, der nicht den Speichel als den Ursprung der Worte ansieht und an Leute glaubt, die ihr Gehirn zu Lebzeiten verkauften oder auch eintauschten. Mit dem Kopf des anderen zu denken scheint für sie allemal gescheiter zu sein, als den eigenen mit Versagensängsten zu plagen.

Diese Metropole steuert ein steinernes Schiff, das zum Meer hin gebaut und zum Ertrinken verurteilt ist, das von Bedürfnissen geprägt und von Komplexen geleitet wird. Und sie ist eine einzige Illusion, bei der ein Tröpfchen Realität bereits genügt, um darin zu verdunsten.

Samuel Nemo, der diese Gedanken morgenfrisch summen hört, ist nicht unbedingt willens, sie samt seinem Espresso aufschäumen zu sehen. Außerdem ist dies die Zeit, da erst einmal nichts ohne eine Zigarette geht, zumal die nachtbestellten Geister die Gesellschaft seines Atems solange in Beschlag nehmen, bis er sich nicht mindestens einige Male geräuspert hat.

Bläst ein paar kräftige Wolkenberge in den Raum und genießt es, sie darin eingefangen zu sehen. Jedenfalls bis zu dem Moment, da sich die schneidenden Rotoren des Deckenventilators ihrer annehmen und sich der Unbarmherzigkeit besinnen, sie zu guillotinieren.

All dies sollte passieren, bevor er seine geistigen Fühler ans Licht der Erkenntnis bringt. Grundsätzlich war er bisher bestens beraten, den Tag zunächst an die leiseren Töne weiterzureichen, und auch die genügten zeitweilig, um sein Gehör in einen Besteckkasten zu verfrachten.

Widmet sich dem Blattgemüse der Zeitung, sieht nicht die Grünflächen, die ihn beflügeln könnten, und resümiert, dass es keine Neuigkeit geben kann, wenn die nächste Katastrophe bereits angesagt ist. Was für ein Gewinn, wenn dies die Wahrheit ist und die Laune dabei zunehmend abhanden kommt.

Eigentlich hätte sich Samuel Nemo mehr von diesem Morgen versprochen, nun jedoch stellt er fest, dass er der Gunst der Arglosigkeit derart unselig hinterhergereist sein muss, dass er sie im Eifer aus den Augen verloren, vielleicht sogar überholt haben könnte. Dabei lehrte ihn doch das Leben, dass man in ruhigen Tümpeln sein Gesicht besser wahren kann als in renommierten Gewässern, in die der Wind bläst.

Weiß der Himmel, was da auf ihn zukommt, jede Ernüchterung zieht ein neues Problem nach sich und jedes Problem eine weitere Ernüchterung. Und als gingen den Überlegungen die Argumente aus, verschickt er seinen Blick an die Hilflosigkeit der Wände, zählt die Bluttupfen, mit denen er sie bislang verwöhnte, und erhofft sich im Sinne innerer Bußwilligkeit, das triste Weiß ihres Mauerwerks auch weiterhin mit einigen selbstlosen Farbklecksen bei Stimmung zu halten.

Dass er damit jedoch zu viel verspricht, sollte ihm sehr bald ins Gedächtnis kommen. So lässt er zwar den Insektentöter schwirren, keineswegs aber mit dem Erfolg, ihn entsprechend nutzen zu können. Aber was den Terroristen zur Gewohnheit geworden ist, sollte den friedlichen Fischen nicht verwehrt bleiben. Augenblicklich mit der provokanten Gefälligkeit den sexistisch anmutenden Po seiner neuen Hausgehilfin mit ein paar wollüstigen Hieben zu bedenken. Wobei ihm nicht unbedingt anzusehen ist, dass er sich geirrt haben könnte. Das, was ihm zuweilen vor Augen kommt, ist nicht die Frage, wie etwas zu geschehen hat, sondern dass etwas passieren muss. Bildlich bereist, sollten die Mücken mit ihrer Anwesenheit geizen, sind es die Hummeln, die ihn bestechen könnten. Und wenn sie sich dann so extravagant präsentieren, dürfte ihm dies ein neuerliches Vergnügen sein.

Doch wie so manch turbulentes Vorgehen zu früh, zu spät oder zu ungelegen kommt, sieht Samuel Nemo erst einmal den Korb kreisen, den er sich damit eingehandelt hat. Derweil ihm schon zuzutrauen ist, dass er es nicht bei diesem Versuch belassen wird und die Früchte nachzuliefern gedenkt, die möglicherweise genau dort hineinpassen. Ablehnung, scheinen ihm die Gedanken zu verraten, ist bei den meisten Menschen ein geheimes Verlangen, vielleicht sogar die beste Gelegenheit zu erkennen, dass man mit Sturheit nur sich selbst bestraft.

Aber wie gesagt, manches ist so wunderbar, dass es beinahe ausreicht, versehentlich daran geglaubt zu haben. Und so konzentriert sich Nemo zunächst auf die Dinge, die sich von selbst erklären, sie gewährleisten fast alles, manchmal sogar das Gegenteil dessen, was man erwartet.

Zieht die Leitfäden, die ihn durch die heutige Sendung führen, besinnt sich der alljährlich stattfindenden Erotik-Messe und beschließt, seine Hörer mit der Thematik »aus der Hülle in die Fülle« bei Laune zu halten. Ruft sich ins Gedächtnis, dass Lüsternheit und Gier schon immer ein Parameter für Macht und Ansehen sind, dem sich sowohl Päpste als Heilige nicht verschließen wollten. Oder wie in dem Wallfahrtsort Chartres geschehen, sich beim Anblick einer gesegneten Vorhaut Wunder vollzogen. Und der Fruchtbarkeit längst nicht Genüge getan, in Antwerpen machte ebenfalls ein gewisses Häutchen Furore, man widmete der unscheinbaren Reliquie ein wöchentliches Hochamt und trug sie einmal im Jahr bei einer Prozession durch die Stadt.

Als dann Nemo diese Überlegungen sowohl gedanklich als auch verbal an die bevorstehende Moderation weiterreicht, überrascht ihn die pikante Anschaulichkeit seiner jungen Hausgehilfin augenblicklich mit der imposanten Tatsache, dass sie ihre Gefälligkeit kniend vollzieht und mit äußerst gewagten Posen und Räkeleien seine Sinne gehörig durcheinander rüttelt.

Beneidet den Teppich, den sie mit schwellenden Brüsten streichelt, verliert sich in dem freudvoll gespannten Dekor ihres begabten Hinterteils, sieht die statischen Blitze züngeln, die ihren Körper in Flammen legen, und beklagt für den Moment, dass er seinen Zuhörern diesen feurigen Anblick nicht visuell nahe bringen kann.

»Sehen Sie«, bemüht er weiterhin seinen Part, »Kult oder Kultur, dazwischen ist nicht viel Platz, ebenso wenig zwischen Aggression und Hingabe. Der Reiz des Anstößigen ist eine der wesentlichsten Säulen unter dem Dach dieser Welt, ohne ihn würde möglicherweise nichts passieren, wie alles, das sich einem gewissen Prinzip der Lust unterwerfen muss, wollte es existieren. Insofern ist alles Geschlechtliche mehr als nur ein Zeugungsakt.«

Kommt auf die Strichmännchen zu sprechen, die den feuchten Höhlensaum der Steinzeit zieren, und deutet an, dass diese Figuren gegenwärtigen pornografischen Darstellungen keineswegs nachstehen. So zeichneten sie das männliche Glied nicht nur mit potenten Übergrößen, sie kreierten ganz einfach noch einige hinzu, während der Peniswald von Hierapolis mit stattlichen Baumlängen von über 50 Metern geradezu alles bisher Bekannte in den Schatten stellt. Wobei anzunehmen ist, dass diese Ausmaße nicht nur das Weib vor Ehrerbietung in die Knie zwangen.

»Der Fantasie, wie man sieht, sind keine Grenzen gesetzt, und sie lässt sich weder in Größe noch in Bescheidenheit bemessen«, bemüht Nemo seine Erinnerung, »sie ist ein Sammelbecken für Prahlerei und Ausschweifung. So heißt es unter anderem, dass der Sonnengott Re bei sich persönlich Hand anlegte und mit einer gewaltigen Ejakulation die Welt erschuf.«

»Das Thema«, begibt sich der blonde Engel auf die Sprossen der Vorsehung, »scheint für Sie wie geschaffen, der Sender wird begeistert sein, auch wenn zu vermuten ist, dass die Zuhörer Probleme damit haben dürften, wie Sie es mit sich selbst anstellen könnten.«

Entstaubt eifrig wedelnd die hoch gelegenen Regale der Bücherwand, stellt mit steilen Beinen unter Beweis, dass sie jeder Leiter gewachsen ist, und verkündet, ohne es zu ahnen, dass alles Wissen um das männliche Glied umsonst sein muss, wenn die Lust zu übertreiben nicht auch das weibliche Geschlecht berücksichtigt.

Womit sich Nemo natürlich anfreunden kann, derart segensreich und ersprießlich hat er sich selten auf eine Sendung vorbereiten können. Wenngleich ihm die Antwort dazu fehlt, inwieweit sie sich ihrer Freizügigkeit überhaupt bewusst ist und weshalb ihm derartige Einblicke bislang verwehrt blieben. Ebenso nachhaltig wirkt auf ihn die Kühnheit, mit der sie den Ausverkauf ihrer Wäsche zelebriert. Aber was immer sie auch dazu bewegt, den Zeitsprung in die Kälte purer Selbstdarstellung wird sie nicht gewählt haben. Um nichts zu spüren und nichts zu rühmen, hat der Himmel sie nicht geschickt. Jedenfalls ist er zunächst einmal gewillt, diese Gedanken fürs Erste ans Ende aller Betrachtungen zu stellen, zumindest solange er sich nicht sicher sein kann, seinen Verstand vor Begeisterung zu verlieren oder, was Gott verhindern möge, gar zu enttäuschen.

Und indem Nemo der Überzeugung beiwohnt, dass das Leben ohne Sünde ein genetischer Irrtum sein muss, mahnt ihn auch schon die Zeit zur Eile. Eigentlich nichts Ungewöhnliches, vielleicht schon ein tägliches Begehren, zweifellos würden ihm die guten Geister fehlen, hätte er nichts, womit er sich in Spannung versetzen könnte. Zu viel Selbstdisziplin und Gelassenheit wäre für sein Publikum ein fremdes Gesicht und müsste für alle ein langweiliges Unterfangen sein. Die Einschaltquote seiner Sendung wird bestimmt durch den offenen Dialog, Vertrauen gegen Vertrauen und Gewissen gegen Gewissen. Man sieht einander an, indem man über sich spricht, manche aus der zugemauerten Anonymität erblindeter Häuserzeilen, die anderen aus den vergitterten Palästen stolz gehüteter Eintönigkeit.

Hier in L. N. führen die Neurosen ein universelles Dasein, dem sich niemand zu entziehen vermag. Derweil auch Nemo nicht entgeht, dass er von Gespräch zu Gespräch mehr oder minder in die Wenigkeit seines Selbst zurückfällt, dass ihm die Worte schneller von den Lippen kommen, als dass er sie noch kontrollieren kann. Ähnlich dem Faden, der sich beliebig auswickelt, nicht mehr einzufangen ist und am Ende ungeknüpft ins Leere springt. Überdies ist ihm das Mikrofon derart nahe an den Mund gewachsen, dass er seinen Verstand über die Antenne hin schwinden sieht, zuweilen mit dem wundersamen Komfort, dem Geist der Lüfte sein Selbst anvertraut zu haben.

Gewiss möchte er die Bedeutung seines Berufes hiermit nicht in Zweifel ziehen. Sich zu outen, das sind die Windeln der Erwachsenen, das stille Bedürfnis, trockenzulegen, was daneben gegangen ist und woran man sich wund reiben könnte. Kleinlauter umschrieben, dem Atem der Seele wohnen die Stimmen bei, die uns bekennen lassen, und seien sie ganz einfach darin bestellt, den kümmerlichen Inseln der Gedanken ein erträglicheres Miteinander zu verschaffen. Jedenfalls meint er zu wissen, dass man mit ein paar freimütigen Worten dem Schicksal einen besseren Halt vermittelt. Natürlich gibt es da auch diejenigen, die lieber zuhören und ihre Gefühle zwischen den Zeilen verstecken, die lustlos die Nischen der Sprache aufsuchen und mit dem Wortlaub des Schweigens in sich selbst abfallen, denen jede Aufmerksamkeit bereits zu viel ist, die nichts vergessen, wenn es darum geht, alles zu ignorieren. Oder die Besserwisser und Wichtigtuer, die das Denken ganz vorne ansiedeln und jeden Schritt nach hinten bevorzugen.

Als dann Nemo in den Alltag abrückt und den bunten nichtsnutzigen Fassaden seine Gesellschaft anbietet, sieht er den Moment gekommen, seine geistigen Umtriebe auf das Maß der Notwendigkeit hin zu beschneiden. Mit intelligenten Sprüchen hat bisher noch kein Entertainer sein Publikum fesseln können. Seine Zuhörer wollen den Skandal und keine moralinsauren Sonntagspredigten. Es ist die Stunde, seinen Kopf so leer wie möglich zu halten, der Umstand, da alles gefordert, aber nichts angesagt ist.

L. N., das ist das Synonym für ein menschliches Experiment, ein gänzlich neu bestelltes Leben, mit viel Saat und wenig Wachstum, disponiert für eine Zukunft, in der es kein Vor und kein Zurück gibt, die den Augenblick zum Keimen bringt und in der Erinnerung des Heute zu leben beginnt.

Inzwischen ist die Übertragung dann auch so weit gediehen, dass das Spektakel seinen Lauf nehmen kann. Das Niveau verabschiedet sich auf Nimmerwiedersehen und die Akteure berichten selbstvergessen, was ihnen zu Kopf gestiegen ist. Kaum eine Begebenheit, die nicht mindestens ein Desaster vorzuweisen hat. Und indem der eine von einer Vergewaltigung berichtet, hat der andere sie bereits begangen oder unwissend geplant. Derweil niemand ausgespart bleibt, weder Kinder noch Babys, Tiere oder Leichen. Hier und jetzt, das ist die Zeit, da das Ungeheuerliche Gestalt annimmt und die Erkenntnis Einzug hält, dass es keine Überraschung gibt, auf die man nicht schon längst gekommen wäre. Einfach nur Mensch zu sein hat bisher niemandes Ehrgeiz gefordert. Unser Dasein wird durch vielerlei Seelen bestimmt, irgendwer ist immer in unserer Nähe, der uns berauben möchte, und sei es um den Verstand oder das Leben an sich.

Sicherlich zählt Nemo zu den Leuten, denen genug immer noch zu wenig ist. Aber der heutige Tag übersteigt gelegentlich auch seinen Horizont. So überdenkt er zum ersten Mal den Moment, da er sich für diesen Beruf entschieden hat. Tupft sich die Schweißperlen von seiner Stirn, resümiert, dass er diese Sendung ebensogut auch mit Schweigen hätte bestreiten können, der Erfolg wäre gewiss der gleiche gewesen.

Und so steht er am Ende der Sendung da wie ein steinerner Götze, irgendwohin abgestellt, als wollte die Welt ihn ausladen oder gar ihren Aberglauben anbieten. Entsprechend argwöhnisch nimmt er sodann den Applaus seiner Mitarbeiter entgegen, zumal einige seine Schultern bürsten und versehentlich dem Gefühl Auftrieb geben, er könnte genau dort Moos angesetzt haben. Ziemlich erstaunlich, wenn man bedenkt, dass Nemo bislang keine Gelegenheit ausließ, sich verwöhnen zu lassen. Oftmals genügte bereits eine Tasse Kaffee oder Zigarette, ihn von seiner Anspannung zu befreien. Inzwischen kommen ihm allerdings Dinge ins Gedächtnis, die er nie zuvor bedacht hatte. Vielleicht ist er bisher zu nachlässig mit sich umgegangen, vielleicht ist ihm auch einiges zur Gewohnheit geworden, irgend so etwas muss es wohl sein, dass ihn dazu bewegt, sich selbst infrage zu stellen. Versucht, sein Verhalten mit den Worten zu entschuldigen, dass es womöglich töricht sei, urplötzlich Nachdenklichkeiten zu provozieren, wenn man sich nicht zuvor schon einige Male darin versucht hätte.

»Das Wesen des Menschen«, bereist die Aufnahmeleiterin seine Gedanken, »ist die ewige Unsitte, permanent zu übertreiben, und manchmal ist es genau die Situation, zu viel von allem in Erwartung gestellt zu haben.« Insofern würde sie ihm raten, ein bisschen Abstand von sich selbst zu nehmen. Ein paar Tage Urlaub würden da nicht schaden. Außerdem gäbe es einige Debütanten, die darauf brennen würden, sich an seiner Stelle verdient zu machen.

»Vielleicht bin ich wirklich zu alt für diesen Job«, sieht sich Nemo übervorteilt, »mit den Jahren wird man sich immer ähnlicher, entsprechend der Skepsis, nicht immer man selbst gewesen zu sein und möglicherweise an seinem tatsächlichen Aussehen vorbeigelebt zu haben.«

Sucht die Mücken, die er abklatschen könnte, und gibt sich der Enttäuschung hin, dass selbst die Gewohnheiten nicht mehr das sind, was sie einmal waren. Das Leben muss jetzt passieren oder nie, man rennt los, fällt hin, steht auf, läuft weiter, nur wohin, danach fragt niemand mehr.

KAPITEL 2

Für Nemo ist der kommende Morgen einmal mehr der Übergang von einem Traum in den anderen, aufgehoben in einem Stafettenlauf von Schatten, denen längst entfallen ist, woran sie sich noch halten können. Derweil die Sonne zwischen den Weinreben an seinem Fenster umherspringt und mit vergorenen Illusionen daran erinnert, dass die Zeit der Reife bislang nie die Zeit der Erkenntnis war, dass sie unvermeidlich in sich verkümmern musste, da sie sein Augenmerk nie erreichte.

Sieht sich umsponnen durch die Spinnweben, die in ihrem Geäst aufgehängt sind, zählt die süßlichen Tropfen, die jeden Moment im Licht zu explodieren drohen, und bemisst die Jahre, für die er bisher keine Worte fand, die in sich abfielen, da sie um ihren Sinn betrogen und mit Geschwätz zugedeckt wurden.

Nun aber findet er sich an einem Ort taghheller Erinnerung wieder, seine Augen leuchten Begebenheiten aus, die sein Herz zuvor niemals verspürte, die seine Pulse erneut wecken und von hier auf jetzt zu leben beginnen. Fühlt sich um jede ungeweinte Träne betrogen, lauscht beschämt dem Applaus vergangener Eitelkeiten und registriert voller Unbehagen, dass die Welt in ihm stets ihren Gewohnheiten nachkam und seinen Geist zwangsläufig für etwas Alltägliches halten musste. Schaut in den ungezähmten Garten, entdeckt in seinem Wildwuchs ungeahnte Kostbarkeiten und beschließt, voneinander zu trennen, was es zu trennen gilt, oder zu jäten, was sich gnadenlos ineinander verheddert hat.

Dieser Sommer, scheinen ihm die Gedanken zu verraten, ist dazu angetan, ihn von seinem Unterholz zu befreien, vielleicht sogar die beste Chance, die Triebe inklusive seiner persönlichen Inkonsequenz an die Schere zu bringen. Wenngleich er sicherlich nicht zu viel versprechen möchte, die Naivität hierfür will erst noch bestellt sein, vor allem, da ihm zwischenzeitlich entfallen ist, dass man nur hervorzaubern kann, was man mit Liebe und Zuneigung in die Wege leitet. Und als wollten ihm die Gespenster ihre Dienste anbieten, erblickt er zwischen Mohn und Kornblumen ein kindliches Geschöpf, nebulös und schleierhaft, wobei er nicht ganz sicher ist, sich persönlich darin zu erblicken. Es ist, als berührte sich ein und dieselbe Person aus zwei verschiedenen Welten. Was des einen Mund ist, sind des anderen Worte, vielleicht sogar die gleichen Gedanken, nur aus einer anderen Zeit. Alles scheint gewährleistet zu sein, vielleicht sogar mehr, als er in Erfahrung bringen möchte.

So reibt er sich über die Sprossen seines Bartes, beklagt die Eigenmächtigkeit der Natur, Mensch und Aussehen ständig zu missbrauchen, und nimmt verlegen in Kauf, dass offenbar der Moment angesagt ist, den seelischen Status wieder etwas gewissenhafter ins Verhör zu ziehen. Jedenfalls glaubt er zu verstehen, dass es ebenso töricht wie unvorteilhaft ist, den Jungbrunnen stets mit alten Quellen zu speisen. Mithin betrachtet er die mysteriöse Lichterscheinung als die gelungenste Reproduktion seines Selbst, auch wenn der Verdacht nahe liegt, seinem Ebenbild nie wieder so ganz gerecht werden zu können.

Als er dann die mutmaßliche Diskrepanz vor dem Spiegel in Betracht zieht, so manch überflüssiges Beiwerk über den Abfluss hin in die Ewigkeit verschickt, Creme und Duftwässer seine Befindlichkeit um ein beträchtliches Maß erhöhen, bittet ihn seine Hausgehilfin zum Frühstück. Nicht nur, dass sie ihn mit ihrer Anwesenheit beeindruckt, sie hat den Ort der Terrasse gewählt und überrascht ihn mit ebendiesem Strauß roter Mohnblumen, in welchem er die vermeintliche Spukgestalt zu entdecken glaubte. Die Frage könnte also lauten, besitzt sie das Talent, seinem Schicksal vorzugreifen, oder fehlt ihm ganz einfach die Brille, Trugbilder von realen Begebenheiten zu unterscheiden? Wenngleich beides zutreffen könnte, Visionen gehören möglicherweise zu den Verpflichtungen, die man für ein überspanntes Dasein bezahlt.

»Sie haben mich mit Ihrer letzten Sendung sehr in Erstaunen versetzt«, befreit ihn die junge Dame von seinen Überlegungen, »da gibt es doch Leute, die in der Anonymität des Telefons den Sumpf blähen lassen, sich maßlos besudeln und am Ende des Gesprächs dem Hörer das Gefühl vermitteln, dass es Schnepfen gibt, deren Gefieder sich gegenüber dem Morast dieser Welt als resistent erweist.« Lächelt über den Duft des Kaffees hinweg, mildert ihre Kritik, indem sie zu verstehen gibt, dass ihre Moralvorstellungen etwas zu antiquiert angesiedelt seien und sie einfach nur hinzulernen müsse. Und wer weiß, eventuell geht es bei ihnen ja ausschließlich darum, sich zu präsentieren, auf sich aufmerksam zu machen, und was wäre da schon geeigneter, als maßlos zu übertreiben.

»Wenn Sie mich damit trösten wollen, kommen Sie zu spät«, erwidert Nemo, »die Leute, die mich anrufen, kennen keine Gewissensbisse, sie sind das lebende Beispiel dafür, dass man sich nicht zieren muss, wenn einem der Dreck bis zum Hals steht. Die Gefahr liegt natürlich darin, dass ihnen das Dilemma zur Gewohnheit geworden ist und sie sehr wahrscheinlich nicht allzu viel dabei empfinden.«

Und so bedankt er sich für die vorzüglich gestaltete Tafel und bittet sie, ihm bei deren Plünderung behilflich zu sein. Bietet ihr einen Stuhl an und erklärt, dass man erst schmecken muss, um zu wissen, wie hungrig man ist. Bemerkt ihre Unsicherheit und kommentiert, dass die meisten Aufdringlichkeiten ehrlich gemeint seien, wenn nicht gar die günstigste Gelegenheit, einander besser kennen zu lernen.

Doch noch ehe beide dazu kommen, ihre Gehemmtheiten auszutauschen, ist es der Postbote, der ihnen zu Hilfe eilt. Wie gewohnt durch den Garten, mit leisesten Sohlen und wie üblich mit der Bemerkung, dass die Luft wieder einmal mehr Staub als Sauerstoff verteilt. Wendet sich an Nemos neuerliche Bekanntschaft, grinst sich durch die Botanik seines strähnigen Haarschopfes und erlaubt sich die Frage, inwieweit er sie dem hiesigen Inventar zuordnen könne. Bisweilen hatte er weder das Vergnügen noch die Chance, ein so zauberhaftes Wesen an seiner Seite zu sehen.

Nemo, dem die Peinlichkeiten merklich zusetzen, ringt vergeblich nach Worten, vor allem, da es ihm bisher nicht vergönnt war, sie nach ihrem Namen zu fragen. Besinnt sich dann allerdings der staubigen Kehle des Boten, eilt zur Hausbar und umschmeichelt seine Neugier mit einem edlen Cognac, wenn auch obligatorisch bestellt, diesmal nur ein wenig großzügiger bemessen als sonst. Wobei ihm nicht entgeht, dass der angeflogene Schmetterling seinen guten Ruf mit dem Namen Luciana zu verteidigen weiß.

»Sie sehen«, zeigt sich Nemo erleichtert, »man muss dem Geschick nicht vorgreifen müssen, wenn es sich von selbst erklärt.«

»Wirklich erstaunlich«, so der Briefträger, gratuliert ihm zu seinem außergewöhnlich hübschen Erfolg und resümiert fast schon ein bisschen wehleidig, dass er künftig die Hausklingel benutzen werde. Legt die Post auf den Tisch, verschreibt sich einen weiteren Cognac und verabschiedet sich mit den Worten, dass Glück und Talent wie so oft zusammentreffen.

»Was nicht bedeutet«, schickt Nemo hinterher, »dass ein Rachenputzer hier und morgen nicht auch weiterhin seine Anhänglichkeit unter Beweis stellen sollte. Und was die Türglocke anbetrifft, da wäre ich mir nicht so sicher, dass sie überhaupt intakt ist.«

»Nun haben Sie ihm alles und nichts gesagt und es ist, als hätte er mehr verstanden als wir beide zusammen«, amüsiert sich Nemos reizende Partnerin. Reicht ihm unter gänzlicher Verwertung ihres Körpers ein Croissant, lässt den Tag in ihrer Bluse aufspringen und gibt sich der Prophetie hin, dass es keine Wahrheit gibt, die nicht mindestens einen Irrtum einschließt.

»Die Wahrheit«, weiß Nemo zu deuten, »ist so etwas Ähnliches wie ein Mikrofon, nur entschieden leiser, und wer weiß, vielleicht sogar ein bisschen nachsichtiger.«

»Ich will es beherzigen«, so die Antwort, »ein wenig Naivität dürfte nicht schaden, auch wenn sie manchmal nur vorgetäuscht sein könnte.« Befindet, dass nun auch ihr ein Cognac gut tun würde, und schlägt vor, die Albernheit zunächst einmal darin zu besiegeln, dass sich jeder den Vornamen des anderen merken sollte, was danach käme, dürfte auf Dauer gesehen zunehmend unwichtig werden.

»Da mögen Sie Recht haben, den sittenstrengen Verwandten der Höflichkeit ist stets zu misstrauen, insbesondere, wenn ihnen das Du entfallen ist.«

»Die Welt ist zu sehr ineinander verflochten«, so der verkündende Engel, »als dass man noch sein Schicksal bestimmen könnte, insofern ist dann auch jeder Name nicht mehr als Schall und Rauch. Wenn du also damit einverstanden bist, würde ich dich weiterhin Nemo nennen. Das Leben ist eine Theaterbühne, von allem etwas, Clown oder König, Henker und Heiliger, was niemand wahrhaben will, ist, dass sie am Ende alle in die gleiche Schatulle zurückfallen.«

»Mensch oder Marionette«, bestätigt Nemo, »das sind wechselseitig verknüpfte Figuren ein und derselben Person. Und worin der eine aufwacht, legt sich der andere schlafen. Irgendwer ist immer da, der feige genug ist, sich vor sich selbst zu rechtfertigen. Folglich ist es dann auch egal, wie man angesprochen wird. Bestimmend wird wohl sein, dass man überhaupt gemeint oder gefragt ist.«

»Was dir angesichts der vielen Post offensichtlich gelungen scheint«, resümiert Luciana, »du schmückst dich mit dem Namen Nemo, was so viel bedeutet wie niemand, bist in aller Munde und inzwischen bekannter als der hiesige Bischof mit seiner sündhaft geweihten Mätresse.«

»Zur Cleverness einer Nutte gehört es, wie ein Anfänger zu küssen«, erklärt sich Nemo, »vielleicht ist das mein Erfolg, vielleicht aber auch mein Untergang. Man kommentiert, was ankommt, und verzichtet auf alles, was nachdenklich stimmen könnte.«

»Mit anderen Worten«, ermittelt Luciana, »du weißt um deine defätistische Sendung, haderst aber damit, Konsequenzen zu ziehen.«

»Die meisten Menschen tun das, was sie tun müssen, und nur selten das Gescheite«, erwidert er, »vor allem, wenn ihnen das Talent fehlt, es sich auszusuchen.«

Überrascht den forschenden Geist mit der Tatsache, seinen Job fürs Erste in den Urlaub geschickt zu haben, und versichert, diese Zeit damit zu verbringen, sich erquicklichere Qualifikationen einfallen zu lassen. Arbeiten um der Arbeit willen wäre auf Dauer besehen, wohl die dümmste Art, sein Geld zu verdienen.

Es ist schon recht erstaunlich, mit welchen Erfahrungen dieser Morgen gesegnet ist, zum einen sieht sich Nemo Trugbildern gegenüber, die keine sein wollen, zum anderen sind es Realitäten, die jeder Fiktion das Wasser reichen können. Momentan erlaubt jeder Gedanke zwei Standpunkte, den richtigen und den falschen, den moralischen und den zweckmäßigsten, nur nicht den eigenen. Derweil ihm Letzteres zum ersten Male nachhaltig ins Gewissen kommt. So stellt er Schlimmeres anheim, sollte der Engel an seiner Seite in Wirklichkeit ein gottgesandter Teufel sein. Und da wäre noch die Vermutung an sich. Bisweilen lag es ihm fern, sich mit Zweifeln und Mutmaßungen zu umgeben, jedenfalls in seinen eigenen vier Wänden, und nun schaut es so aus, als hätte er nur noch das Notwendigste in ihnen zu vermelden.

Doch bevor er dazu kommt, seinen Verstand für alle Einzelheiten freizuhalten, beeilt sich eine weitere Person, die spontan bestellte Kulisse in Atem zu halten, diesmal in Gestalt eines wandelnden Gemüseladens und der charakteristischen Gepflogenheit, dass der begrünte Händler neben seinem Ohr eine Zigarette spazieren führt, wobei nicht unbedingt zu erkennen ist, worin die Effizienz dieser Gewohnheit bestehen könnte. Was im Nachhinein in Asche aufgeht, dürfte vorab mit frischer Luft nicht mehr einzufangen sein. Jedenfalls nähert er sich hüstelnd und lamentierend dem trauten Duo und vermerkt ebenso direkt wie unschlüssig, dass es wohl ein Moskito ist, der seinen Rachen kitzelt.

Luciana, die sogleich bemerkt, dass hiermit im weitesten Sinne der Cognac gemeint sein dürfte, beeilt sich, den Ausverkauf der Flasche persönlich in die Hand zu nehmen, zumal ihr Nemos Teilnahmslosigkeit auffällt und sie aus ihrem Augenwinkel zu erkennen glaubt, dass der verzweifelte Gast der persönlichen Barmherzigkeit folgen könnte, sich selbst zu bedienen.

Aber so sehr Luciana sich auch der Etikette verpflichtet fühlt, Nemo sieht den Wahrheitsgehalt seiner Worte darin, dass die Mücke auch eine Fliege gewesen sein könnte, wenn nicht gar ein Staubkörnchen oder auch das Gefühl, von allem gleichzeitig befallen zu sein.

»In der Tat, was macht es für einen Unterschied«, schlägt Luciana den Weg der Versöhnung ein, »Mücke, Fliege oder Staubkörnchen, sie sind alle gleich lästig, um sie zu ertränken.«

»Und wenn sich dies noch mit einem Cognac besiegeln lässt«, so der geplagte Ankömmling, »sollte sich jede weitere Mutmaßung erübrigen.«

Stellt seine übervollen Gemüsetüten auf den Tisch, hält sich die Hände frei für einen weiteren Drink und ist entzückt, ein derart kluges wie charmantes Geschöpf an Nemos Seite begrüßen zu können. Bedauert zutiefst, dass seine Zeit zu kurz bemessen sei, sie ihm auszuspannen. Aber dieser Morgen, wie er meint, würde die Sonne ohne ein paar Wolken am Himmel halten und dies sei nun mal ein untrügliches Zeichen dafür, sowohl die Köpfe der Salate als den seines Esels wie auch den eigenen rechtzeitig in Sicherheit zu bringen. Wünscht der trauten Zweisamkeit noch ein genüssliches Frühstück und erhofft sich im Sinne genehmeren Wetters, seine Chancen künftig etwas besser wahrnehmen zu können.

»Was sagt man dazu«, ermittelt Nemo, »nichts verbindet mehr als das Gefühl, dem anderen überlegen zu sein.« Verschwendet den Gedanken, dass er bisher viel zu bescheiden gewesen wäre und verwettet seinen Kopf, dass ihm dies irgendwann einmal zum Verhängnis werden könnte.

»Der Wunsch, besonders gescheit zu sein«, entwickelt Luciana ihre eigene Strategie, »verhindert oftmals die Möglichkeit, es zu werden, insofern ist natürlich alles denkbar, aber so wie ich dich einschätze, hast du bereits ein probates Mittel gefunden, im geeigneten Moment den Unberechenbarkeiten einen Schritt voraus zu sein. Ich denke dabei an die Mücke, die gegen alle Erwartungen die Klatsche aufsucht und einmal mehr unter Beweis stellt, dass man am sichersten dort aufgehoben ist, wo man es am wenigsten vermutet.«

»Eine beachtenswerte Idee«, so Nemo, »um weise und vernünftig denken zu können, muss man offensichtlich eine Menge Raffinesse besitzen, vielleicht sogar den Pakt mit dem Teufel schließen. Möglicherweise besteht ja die Macht des Bösen genau darin, dass wir sie uns ausreden.«

»Um es auf den Punkt zu bringen«, steuert Luciana bei, »die Blasphemie beginnt dort, sich zu fragen, weshalb der Allmächtige den Satan gewähren lässt, wenn die höllischen Plagegeister in uns selbst wohnen. Wollten wir also halbwegs gerecht mit Gott und der Welt ins Gericht gehen, wäre es nahe liegend, sich zunächst einmal persönlich darum zu kümmern.«

»Aber das sollte nicht das Thema sein«, so Nemo, »manchmal sind die scheinbar weniger wichtigen Dinge die oftmals weitsichtigeren Erfahrungen. Insofern sollten wir auch das Kamel in uns gewähren lassen, vielleicht hilft es uns, die Wüste besser zu verstehen, vielleicht sogar aus unserem Kopf zu vertreiben.«

Häuft sich die Marmelade auf das Croissant, als wollte er den Appetit mit Gewalt fordern, wirft einen Blick auf ihre schwellenden Brüste und zieht die Bilanz, selten derart sanfte Ruhekissen gesehen zu haben. Fast schon ein bisschen snobistisch, wenn nicht gar mit der exquisiten Überschwänglichkeit, den Tag darin schlafen zu legen.

Doch genau in diesem Moment, da ihm die Träume wachsen, diesen Anblick ausschließlich für sich in Anspruch zu nehmen, schreckt ihn der Heulton einer Polizeistreife. Überdies mit der Gewissheit, dass der hiesige Kommissar seinen Besuch ankündigt. Und obgleich ihm bislang auch dies zur Gewohnheit geworden ist, seine Gesellschaft stets ein Garant für Aktualitäten und Besonderheiten war, ist er gewillt, diesen Anspruch augenblicklich an den Papst zu verschicken, wenn möglich, mit der Reverenz, es beim lieben Gott zu versuchen.

»Manche Menschen zählen die Bekanntschaften wie andere ihre Briefmarken«, kommt Luciana dem Geschehen hinterher, »wobei nicht zu erkennen ist, wer wen in seiner Einsamkeit übertreffen wird. Das Problem könnte also sein, wie sinnvoll lassen sich die Stunden bemessen, die sich weitgehendst anonym präsentieren, oberflächlich kalkuliert sind und mit Cognac abgefüllt werden.«

So lässt sie abermals die Flasche kreisen, bescheinigt ihr ein kurzes Leben und deutet an, dass die Dankbarkeit ausbleiben wird, wenn die Selbstverständlichkeit Einzug hält.

»Was ist nur passiert«, tauscht der Kommissar die Sirene seines Autos gegen die Kreissäge seiner Stimme ein, »bisher versperrten Wolken von Moskitos den Toreingang und nun scheinen sie mit einem Male das Zeitliche gesegnet zu haben. Verdammt seltsam, Nemo ohne Mücken, das ist ein Klavier ohne Tasten, wirklich kurios.«

»Fast schon ein bisschen anrüchig«, stimmt Luciana zu, »wer nichts vorzuweisen hat, womit er die anderen verärgern könnte, macht sich in der Tat verdächtig.«

»Das erklärt natürlich so manches«, kommt ihr der Kommissar entgegen, »vielleicht ist er der Welt des Mysteriösen näher, als wir denken, einen gewissen Zauber scheint er jedenfalls auszuüben. Zumindest hatte ich bislang nicht das Vergnügen, ein so hübsches wie geheimnisvolles Wesen an seiner Seite zu begrüßen.« Wahrt die Chance zu einem Handkuss und versichert, selten so spontan beeindruckt gewesen zu sein.

»Es ist schon erstaunlich«, so Nemo, »wie wenig man von sich weiß, wenn man andere über sich reden hört. Vor allem, wenn man mit Dingen in Verbindung gebracht wird, die sich erst noch bewahrheiten müssen.«

»Welche Wahrheit, auf die man warten muss«, schickt der Kommissar hinterher. »Die Intuition wäre da schon der gescheitere Verhandlungspartner. Es gibt Leute, denen genügt bereits eine Glaskugel, um sehen zu können, andere deuten aus dem Kaffeesatz und mir ist es halt vergönnt, in Gesichtern lesen zu können.«

Hält es für angemessen, diese Eingebung mit einem Cognac zu bekräftigen, und erklärt, dass er nur auf einen Sprung hereinschauen wollte. Die Stadt sei wie verhext, entweder fällt ein Haus zusammen, die Wohnung ist ausgeraubt, ein Selbstmordkandidat sprengt sich vor einer Botschaft in die Luft oder irgendein pädophiler Arsch macht den Kindergarten unsicher. Sollte einmal nichts passieren, sei es die eigene Frau, die verrückt spiele. Schüttelt den Kopf und versichert, dass man vor nichts mehr sicher sein kann, nicht einmal vor sich selbst.

»Der Mensch ist von Natur aus ein delinquentes Wesen«, hält Nemo dagegen, »sonst wärst du nicht Polizist geworden. Der Himmel hätte nichts zu beklagen, die Kathedralen stünden leer und der Geistliche müsste sich nach einem soliden Beruf umschauen. Was für eine Tragödie, man müsste die Selbstlosigkeit steuerpflichtig machen, und wer weiß, vielleicht wären wir ärmer, als wir es je waren.«

So erinnert sich Nemo seiner Kinderstube und der peinlichen Situation, sie unlängst schon einmal vernachlässigt zu haben, beherzigt den Wunsch Lucianas, sie mit dem Vornamen vorzustellen, und bittet ihn, sich ihrem Frühstück anzuschließen.

»Keine Zeit zu haben«, bestätigt Luciana, »das sollte die Sache der anderen sein, zumal man mit dem Stress immer allein dasteht.« Empfiehlt die frischen Croissants und weist darauf hin, dass niemandes Schicksal davon betroffen sein dürfte. Eine Pause zur rechten Zeit verschöne den Arbeitseifer.

Angesichts ihrer schönen Augen zeigt sich der Kommissar dann auch gewillt, ihrer Einladung zu entsprechen. Zwängt sich aus seiner Dienstjacke und bescheinigt, dass man dem Schicksal in der Tat nur wenig abzuringen vermag, er jedenfalls sei so oder so immer zu spät gekommen.

»Das Leben«, schüttet er sich den Cognac ins Gewissen, »ist eine Reise, die von überall nach nirgendwo führt.«

Skizziert den Mord an einer Domina, die durch ihren Freier erdrosselt wurde, da sie seiner Meinung nach die Peitsche zu lasch handhabte. »Da muss man sich schon fragen, was es aufzuklären gilt, wenn der Konflikt wie hier durch fehlende Aggression zur tödlichen Falle wird. Kaum zu denken, wenn das Schule macht.«

»Viele Menschen«, entgegnet Luciana, »sind unzufrieden, weil sie es sein wollen, und manchen gelingt dies nur, wenn sie kräftig dabei nachhelfen. Zu glauben, wir hätten bereits alles in Erfahrung gebracht, weil wir alles schon einmal gehört oder gesehen haben, ist derart trügerisch, wie die Wolken, die heute so friedfertig den Himmel bewohnen, morgen schon ein heftiges Gewitter über uns loslassen.«

»Sie können von ihr lernen«, wendet sich der Kommissar an Nemo, »der Teufel hat einen stattlichen Briefkopf, jeder könnte gemeint sein, Freund oder Feind.« Klopft auf den Stapel der Post und sinniert, dass sich bestimmt ein Brief darunter finden ließe, der seine Klaue tragen würde. Und als hätte er damit den Teufel ins Haus geholt, wundert er sich über ein Kuvert, das mit geschnipselten Buchstaben beschriftet ist, wobei er zu verstehen gibt, dass man ihn mit Vorsicht genießen sollte. Bekundet sein Interesse an diesen Zeilen, verspürt gewisse Negativenergien und empfiehlt, ihn für sich öffnen zu lassen.

Vorsichtig lässt er das geheimnisvolle Schreiben durch seine Finger gleiten und meint, dass man Anthrax sicherlich ausschließen könne, überdies seien die Worte derart naiv bestellt, dass man eine professionelle Aktion sicherlich ausschließen könnte.

Luciana, die Nemos Sorglosigkeit augenblicklich wahrzunehmen scheint, kommt auf den Gedanken, dass er derartige Botschaften eventuell schon des Öfteren erhalten hat. Zieht in Erwägung, dass es sich hierbei um die schwärmerische Verehrung eines kindlichen Gemüts handeln dürfte.

»Das wäre eine Möglichkeit«, so der Kommissar, »vielleicht ist aber auch alles ganz anders, Naivität ist schwer zu bestimmen, oftmals ist sie die wahrscheinlichste Art, sich schuldig zu machen. Am Anfang aller bösen Gedanken steht immer etwas Infantiles, wenn nicht gar etwas Lächerliches.«

»Dann muss ich wohl Öl zu den Sardinen gießen«, sieht sich Nemo eingekreist. »Diese Schreiben haben alle das Gleiche zum Inhalt, mystisch gehaltene Collagen, die den Tod widerspiegeln, mit Angaben, wo und wann ich mich aus welchem Grund und zu welcher Gelegenheit aufhalte, meist mit irrsinnigen Wahnbildern, verschlüsselten Symbolen, die ins Rätselhafte führen und nicht unbedingt entzifferbar sind.«

»Das ist eine Menge und nichts«, erwidert der Kommissar, »und dennoch deutet einiges darauf hin, dass der Absender über Kenntnisse verfügt, die nur einem Eingeweihten zugänglich sein können.«

Nimmt den Brief ungeöffnet an sich, bittet Nemo, die anderen Schriftstücke nachzureichen, und segnet den Umstand, dass ihm der Zufall dieses Pamphlet in die Hand spielte. Versichert, alle erdenklichen Maßnahmen zu treffen, diesen Psychopathen hinter Gitter zu bringen. Bedauert Nemos Nachlässigkeit, ihm dies bislang verschwiegen zu haben, und erhofft sich im Sinne ihrer Freundschaft, künftig etwas vertrauenswürdiger miteinander umzugehen.

»In der Tat«, beklagt nun auch Luciana seine Einstellung. »Es ist nicht das Stillhalten, das einen bange macht, sondern die Gleichgültigkeit, es darüber hinaus auch noch zu verschweigen.«

Und als dann das eine oder andere Wort im Banne mysteriösen Rätselratens zu Grabe getragen wird, sieht der Kommissar den Augenblick gekommen, seine Dienststelle über diesen Vorgang zu unterrichten und sich zu verabschieden, schickt zuversichtlich hinterher, dass sie alle erdenklichen Netze auswerfen würden, und zeigt sich überzeugt, den lästigen Parasiten damit an Land zu ziehen.

Luciana, die dem neuerlichen Spektakel ebenso betroffen wie sorgenvoll gegenübersteht, fühlt sich zunehmend verpflichtet, ihn in der Ernsthaftigkeit des Themas zu unterweisen.

»Das Verhängnis«, versucht sie es mit Nachdruck, »hat keine konkreten Konturen, es macht sich unsichtbar, und genau das sollte alarmierend genug sein, sich aus der Gefahrenzone zu begeben.«

Entschließt sich dazu, ihren heutigen Universitätsbesuch zu streichen, und präzisiert ihre Absicht unter dem erfrischenden Aspekt, selten einen so triftigen Grund hierfür gefunden zu haben, wenngleich nicht zu übersehen ist, dass noch gänzlich andere Seminarstunden im Spiel sein könnten. Jedenfalls sollte Nemo sehr bald erfahren, dass der Drang des Lernens vor dem Exkurs der Gefühle ehrfurchtsvoll Platz macht. Was in den Kopf gehen soll, will unter der Haut erprobt sein.

Und so beeilt sich Luciana, so schnell es geht, sich der Vernunft zu entledigen. Wirft ihre äußerst pikante Weiblichkeit ins Feld des Begehrens, vermeldet voller Stolz, die Leidensgrenze des Leichtsinns bereits vor einer Weile überschritten zu haben, und bringt zum Ausdruck, dass nunmehr die Tat für sich sprechen müsse. Zu viel des Redens sei zu viel der Fragwürdigkeit, und die sollte man sich nur leisten, wenn man nichts Besseres zu bieten hat. Derweil ihre steil gerüsteten Brüste zu verraten scheinen, dass es zwischen hier und jetzt keinen Ausweg mehr gibt, nicht für sie und nicht für Nemo.

Es ist der Moment, da die Schmetterlingstüren innerer Geneigtheit unhörbar ins Schloss fallen und dem Gefangensein der Lust höllisches Feuer geben. Ein Irrsinnslodern, das dem Willen

ausgesetzt ist, den Partner bis auf die bloße Haut hin zu entmachten. Und irgendwo dahinter die Brandung gänzlicher
Nacktheit, vielleicht auch das Mysterium einer Insel mit feurigen Ufersäumen und endlosen Küssen. Geweckt durch den
Schrei tausender Kormorane und der inbrünstigen Lust, sich
sein Selbst aus den Händen picken zu lassen, seine Identität und
alles, was zur Gewohnheit geworden ist.

Hier und augenblicklich, mit der Sogkraft zweier Organismen,
die ein riesiger Mund zu sein scheinen, mit Herzschlägen, die
alle Distanzen überwinden helfen und im Auf und Ab hem-
mungsloser Umarmungen eine höllische Corrida reiten. Zuweilen mit dem endgültigen Wunsch, nie wieder voneinander los-
zulassen, auf ewig festgezurrt zu sein zwischen Körper und
Körper, Schenkel und Schenkel und der orgiastischen Bereitschaft, sich darin auszulöschen, sein Selbst, seine Geneigtheit
und seine Seele.

KAPITEL 3

Nemo, der den kommenden Morgen abermals in Lucianas Hüften kreisen sieht, mildert seine überschwänglichen Illusionen zunächst mit der bangen Frage, inwieweit die Gestirne himmlischer Vorsehung den angehenden Tag noch mit den gleichen Zugeständnissen bedrängen werden. Gestern, das war der Moment, der alles Licht dieser Welt an ihren Körper verschenkte, der die Zeit in ein Bündel feurig roter Mohnblumen schnitt und die Begierde zum Blick ihrer Augen machte. Ein Geschehen, das alle Türen sprengen sollte, die verschwiegenen und behüteten, die heimlichen und unheimlichen, aber auch solche, die möglicherweise schon immer offen standen und zuweilen nur entdeckt werden wollten.

Eigentlich müsste er sich für ein umfassendes Geständnis frei machen, ganz gleich, wohin ihn die Strömung auch ziehen wird, sie hat ihn hervorgebracht, und nun wird sie ihn ja nicht gleich wieder hinwegreißen. Doch die tausend Strophen, die seinen Verstand augenblicklich heimsuchen, scheinen seine Lippen nicht zu erreichen. Und so fühlt er sich wie ein nackter Wurm, der sein Kopfende sucht und fürs Erste in den feuchten Höhlenraum der Nachtdecke zurückflieht.

Wenig später sollten es dann die verborgensten Felsspalten der Träume sein, die ihm Unterschlupf gewähren, die ihn schweben lassen, ähnlich der kuriosen Erscheinung eines Seepferdchens, welches aufrecht schwimmend dem königlichen Element des Wassers närrische Züge vermittelt. Aber so bizarr die Fantasie, so schnell erneuern sich die Eingebungen, gegenwärtig dergestalt, dass dem fahnenflüchtigen Illusionisten wieder Arme und Beine an den Körper wachsen. Wobei die Psyche augenscheinlich amorphisch denkt und zuweilen nicht willens ist, ihn von seiner Unkenntlichkeit zu befreien. So muss Nemo zunächst einmal zur Kenntnis nehmen, dass es ihn als aufgedunsene Amphibie an die Oberfläche spült, bestaunt von aufgerissenen Fischmäulern und dem stillen Verdacht, dass sie ein derartiges Ungetüm offensichtlich nur tot gesehen haben.

Glaubte Nemo bisher, die schönen Dinge des Lebens hätten den geruhsameren Schlaf voraus, muss er nun erkennen, dass er sich da wohl geirrt hat. Jedenfalls scheint er zu begreifen, dass die Seele ein selbstsüchtiges, in sich versponnenes Wesen ist, vielleicht sogar ein Lichtgespenst, das Sonnenstrahlen vortäuscht und Spinnweben zieht. Was für eine Wahrheit, wenn das, was er als Spiegelbild angenommen hat, nunmehr zu seiner gänzlichen Verachtung wird. Und so steuert er die Barke verlauster Spukgestalten geradewegs gegen die Klippen der Erweckung. Ruft seinem eigenen Namen hinterher und beschließt, von nun an er selbst zu sein, ganz gleich, wer immer damit gemeint ist.

Hinzu kommt, dass er sich die Erinnerung an die letzte Nacht ungetrübt erhalten möchte. Schöneres zu genießen könnte nur als Reprise gedacht sein, und die sollte er nicht in Zweifel ziehen: wer den Wind bestellt, sieht die Früchte fallen, bevor der Himmel sie hat reifen lassen.

Glättet die seidenen Falten des Betttuches, tastet sich vor zu den benetzen Schenkeln seiner friedlich schlummernden Partnerin und verzeichnet voller Stolz, dass sie ihn so uneingeschränkt angenommen hat. Streichelt mit seinen Lippen die marmorne Kühle ihrer Haut, kostet die Poesie ihres Körperduftes und gibt sich der Inspiration hin, sie über die Knospen ihrer Brüste wach zu küssen. Dringt abermals ins Zentrum ihrer vaginalen Lustbarkeit, und trifft tief, so tief, dass er den magischen Punkt aller Berührbarkeiten zu entdecken glaubt. Kaum eine Faser, die nicht der Maßlosigkeit verfallen ist, Lucianas Körper in ihrer gänzlichen Güte zu erschließen, fast schon eine Evolutionsregung, nichts, was noch erklärbar wäre, außer dass man alles will, alles für sich in Anspruch nehmen möchte, ihre gänzliche Nähe, ihre fragile Nacktheit und alles, was irgendwo im Verborgenen liegen könnte. Und was sich nicht sogleich einer völligen Hingabe besinnt, erklärt sich in dem Gewinn, die Lust zu steigern. Schwärmt aus mit einem unaufhörlichen Auf und Ab, mit Schwingen, die geeignet sind, der suggestiven Kraft grenzenloser Umarmung zu widerstehen.

Sicherlich dürfte sich Nemo zwischenzeitlich in vollkommener Zufriedenheit wiegen; die gewachsenen Gletscher seines Herzens beginnen von den Rändern her zu tauen und verkünden zuweilen mit knisterndem Prickeln das Ende der Eiszeit. Dennoch färben sich die angesagten Pflänzchen mit der Ungewissheit, inwieweit sich Nemo da nicht über die Maßen Hoffnung macht, zumal die Furchen der Vergangenheit im Schmelzwasser der Enthüllung ihre Verschwiegenheit verlieren dürften und wiedererweckte Ressentiments ihren Tribut fordern könnten. All dies wäre denkbar, der Höhenflug des Kuckucks mit unbekanntem Ziel oder die peinliche Erfahrung, die Wahrheit im falschen Moment geküsst zu haben, vielleicht sogar die Landung auf einem zerbrechlichen Ast, ein hurtiges Federnlassen mit der Befürchtung, den Käfig mit auf Reisen genommen zu haben.

Aber wie die Wahrheit auch immer aussehen mag, mit Mutmaßungen und Hypothesen wird sie nicht gefälliger. So beschließt Nemo, das Geschehen der Nacht zunächst einmal an den Tag weiterzureichen. Jeder hat so viel Glück, wie es ihm gelingt, es miteinander zu teilen. Segnet den Umstand, bislang nichts Gegenteiliges vernommen zu haben, küsst seiner Angebeteten die Stirn, liest ihr den Wunsch von den Lippen, ihre heutige Tatkraft an die Hochschule zu verschenken, und erklärt ebenso einfühlsam wie taktvoll, dass er sich dieser grausamen Tatsache bewusst wäre und es ihm von besonderem Wert sei, die Türen für sie nach allen Seiten hin offen zu halten, vor allem jene, die sie baldigst wieder in Anspruch nehmen möchte.

Zunächst allerdings sollte es der Kommissar sein, der sich dieser Offerte bedient und mit Erstaunen zur Kenntnis nimmt, dass Nemo den Ernst seiner Situation wohl immer noch nicht erkannt hat. Jeder andere hätte hereinspazieren können, dann vielleicht mit fataleren Folgen.

»Gebe der Himmel, dass dir der Argwohn auf Dauer kein Fremdwort bleiben wird, wer keine Bedenken übt, dem dürfte auch nichts Gescheites widerfahren. Träumer und Mondsüchtige haben eins gemein, schreckt man sie aus dem Schlaf, könnte ihnen aufgehen, dass es sie auf direktem Weg in die Hölle verschlägt. Und, mein Gott, du siehst nicht so aus, als hättest du den Durchblick erfunden. Wenn ich nicht wüsste, dass du keine Perücke trägst, müsste ich glauben, du würdest dich genau darunter kratzen.«

»Die Gewissheit, alles richtig zu machen«, erwidert Nemo, »ist eine Geißel und keine Garantie, zumal wir eines Tages eh davon ausgehen werden, dass die glücklicheren Stunden wohl jene gewesen sind, die wir dem Leichtsinn gewidmet haben.«

»Wobei du auch nur deinem Starrsinn gefolgt sein könntest und dir nicht eingestehen möchtest, dass du deinem unverbesserlichen Dickschädel nur ein paar weitere Holzschrauben hinzufügtest«, so der Kommissar, »niemand betet so ehrlich, als dass er sich nicht selbst ein bisschen damit betrügt. Aber das nur zur Philosophie, mein tatsächliches Anliegen ist ungleich interessanter. Nach ersten Recherchen deiner zusammengeschnipselten Drohbriefe haben wir herausgefunden, dass es sich bei diesen Botschaften um Ausschnitte verschiedener Hochschulschriften handelt, was unter anderem die Kompetenz an Einfällen erklärt. Mit anderen Worten, die Bedenken, dass es sich hierbei um einen einfältigen Täter handelt, könnte man getrost ausschließen, was dir sicherlich Auftrieb geben wird; mit Dummköpfen hast du ja eh nichts am Hut.«

»Nun wirst du den Kreis der möglichen Delinquenten sicherlich noch einmal um die Hälfte reduzieren«, weissagt Nemo, »da anzunehmen ist, dass derartig sensibel gesponnene Boshaftigkeiten nur dem weiblichen Geschlecht vorbehalten sind. Wobei ich fast schon zu behaupten wage, dir schwebt eine ganz bestimmte Spezies vor, ein Skorpion oder die Schwarze Witwe, die nach einer heißen Liebesnacht ihrem ahnungslosen Galan den Garaus bereitet.«

»Genau das könnte ich mir denken«, lautet die Antwort des Kriminalbeamten, »besser hätte ich das nicht formulieren können. Die Kunst zu gefallen schließt die teuflischen Absichten nicht aus. Insofern tätest du besser daran, deine amourösen Intermezzi gegen gute Bücher einzutauschen.«

»Man kann seinen Beruf auch verfehlen, indem man ihn zu ernst nimmt«, veranschaulicht Nemo, »die Erfahrung, dass jemand, der alles in Zweifel zieht, selten der Betrogene ist, sollten wir gar nicht erst diskutieren. Das Prinzip der Denkmäler besteht darin, dass sie für Helden gedacht und für Feiglinge gemacht sind. Deine Fürsorge also in Ehren, aber um sich Gehör zu verschaffen, müsstest du schon ein paar Fakten nachliefern, und da sie dir fehlen und mir nicht in den Sinn kommen, halte ich es für angemessen, die Möglichkeiten zwar in Betracht zu ziehen, nicht jedoch über Gebühr hinaus zu strapazieren.«

»So manches Unheil«, erwidert der Kommissar, »ist schon dadurch zustande gekommen, dass man es sich einredete oder sich sogar danach sehnte.«

Ermuntert ihn zu einem versöhnlichen Cognac, kommt auf die Mücken zu sprechen, nach denen er vergeblich Ausschau hielt, und meint, dass ihm hierfür zwar jede Erklärung fehle, ihm aber bewusst geworden sei, dass der gnadenlose Kampf, den er mit ihnen auszufechten gedachte, sein bisheriges Leben widerspiegelt. Vielleicht sogar die Unfähigkeit, sich seiner persönlichen Ängste zu erwehren, oder die besondere Art, sich mit sich selbst zu versöhnen. »Der nächste Schritt seiner Fantasie«, blickt er durch die vergoldete Wirklichkeit des Getränks, »könnte darin bestehen, dass dir die These mitspielt, sie könnten sich am Blut der Menschen vergiftet haben.«

Bittet Nemo, ihn zur Tür zu begleiten, und ersucht ihn, die Augen offen zu halten, das Leben sei eine Vielzahl selbst inszenierter Fallen, die wir überwiegend selbst zu verantworten hätten. Lacht sich einen Frosch in die Kehle, hüstelt den nächsten Tatort herbei und schickt teuflisch grinsend hinterher, diesen Morgen in Fairness aufgehen zu lassen, er verdiene es, verschont zu werden.

Glaubte Nemo noch vor einer Weile, den Paradiesapfel in seinen Händen zu halten, zählt er nun die Kerne, die dem Fruchtfleisch schmerzlich beiwohnen. Zu viele, um sie zu zählen, und zu ähnlich, um sie voneinander zu unterscheiden. Wobei ihm letztlich nicht aufgehen will, was er überhaupt von ihnen erwartet, sie mit Wünschen auszuwerfen, wäre zwar noch eine Alternative, wahrscheinlich aber zu sentimental, wenn nicht gar zu eigensinnig und naiv.

Die Gefahr, sich lächerlich zu machen, ist also immer gewährleistet, auch wenn kein unmittelbarer Grund hierfür vorliegt. Insofern ist alles, was er sich erhofft oder auch befürchtet, gleich ungewiss. Mithin erlaubt jeder Gedanke zwei Standpunkte, den halbherzigen und den falschen. Augenscheinlich ist das Schicksal untrennbar mit dem Wandel der Dinge verbunden. Was eben noch für ihn so unsäglich wichtig schien, führt ihn zuweilen in die Welt innerer Abwesenheit. Schließlich ist Luciana für ihn der Beginn einer einzigartigen Befindlichkeit, jener wundersame Spiegel, der mit dem Zeitmaß von Zärtlichkeit und Zuneigung die Uhren in ihm umstellt und neu entstehen lässt.

Ziemlich erstaunlich, wenn man bedenkt, dass er sein Privatleben bislang als pure Zeitverschwendung ansah, dass er sich stets ungelegen vorkam und nur so viel über sich in Erfahrung bringen wollte, wie unbedingt erforderlich war. Und nun scheint Nemo ganz hintenan zu stehen, schließt sich der Kreis eckiger als rund, ist alles mehr verdreht als gradlinig, und überhaupt fehlt ihm gegenwärtig das Talent, noch an etwas Gescheites zu glauben. Aber so ist das mit der Ironie des Schicksals, um an das Wunderbare glauben zu können, muss man lange genug daran gezweifelt haben. Jedoch die Hände zu falten und zu warten, was passiert, ist ebenfalls nicht seine Sache.

So beschließt er, den Drachen seiner Seele in den Wind zu hängen, höher hinaus und weiter weg. Nur die entsprechenden Flügel müsste er sich noch zulegen. Es ist die Stadt der Fledermäuse, ein blindgeschwärztes Idyll grandios verschickter Schatten, je weniger sie sehen, umso größer der Wunsch, sich mit Prophezeiungen zu umgeben. Irgendeine Seherin wird sich schon finden lassen, die ihn ins Licht der Erkenntnis zurückführt, vielleicht sogar die heilige Bernadette persönlich. Wenn er sich recht erinnert, ist sie für eine Weile in der hiesigen Kathedrale zu bestaunen.

Entsprechend beschleicht ihn dann auch der Gedanke, die tragenden Säulen der Kirche zum Gerüst seiner Seele zu machen. Greift den Gesang der Vögel auf, summt ihren einzigartigen Melodien hinterher, deutet die goldgelben Flammen im Blattwerk der Bäume als kosmischen Fingerzeig und gibt sich beflissen, diesen Wink der Natur als besonderes Omen zu werten. Die Welt wandelt sich mit dem Spiel der Farben, geheimen Töne und Harmonien, warum nicht auch der Mensch? Sie ist durchdrungen von stetiger Veränderung, immer währender Pilgerschaft und neuen Eindrücken, von sensiblen Ornamenten im kolossalen Gemäuer ewigen Seins; hier im Spiegelbild eines Brunnens mit speienden Göttern und skurrilen Hexen, mit Ewigkeitsträumen und dem zärtlichen Spiel umschlungener Beine. Vielleicht auch jemand, der mit jedem Tropfen seine Spur verrinnen sieht, der in die Stille eines Regenbogens hineinhört und den unbegehbaren Pfad findet, der am Ende des Lichts auf ihn wartet und seinen Schatten neu definieren wird.

Es ist ein Sommer, der mit einem Feuerstrahl emporschießt, der die Dächer mit Silberschuppen bedeckt und die Stadt in einen gleißenden Panzer verwandelt, der sich im scharfgezackten Gemäuer als Reptil enttarnt, und daran erinnert, dass die

Urzeit ihren Tod überdauert und nunmehr ihr Erbe einklagen könnte.

Aber es ist natürlich Nemo, dem diese Gedanken mitspielen, und nicht unbedingt ein Meister der Prophetie, zumindest hatte er bisher nie daran denken wollen. Seine Erfahrung lehrte ihn, in Blickrichtung der anderen zu denken, wenn möglich, ohne sich selbst dabei anzuschauen. Insofern ist ihm daran gelegen, die Inspiration schonend zu behandeln. Augenblicklich interessiert ihn der Sarkophag jener wundersamen Nonne. Insgeheim möchte auch er sein Larvenleben abstreifen und über Gewässern und Lilien schweben. Bislang hat er seine Geburt nie wirklich vollzogen, ist umgeben von einem gläsernen Sarg, wie diese Heilige.

Jedenfalls scheint sie für ihn im Moment das Ziel zu sein, das alle Richtungen zu vereinen trachtet, die geheimen und die zufälligen, solche, denen man unaufgefordert nachkommt, und jene, die immer schon bestanden, damals wie heute. Doch wie die wahren Beweggründe auch geartet sein mögen, bisweilen herrscht bei ihrem Anblick atemlose Stille, bestaunt man ehrfurchtsvoll ein jugendfrisches Antlitz, das in makellosem Schein erstrahlt, schön wie Schneewittchen und mit einem sensiblen Lächeln auf den Lippen.

»Wenn es Sie interessiert«, meldet sich ein Kirchendiener zu Wort, »würde ich Ihnen gerne ein paar Dinge erläutern.« So verweist der klerikale Cicerone demütig auf ihre feingliedrigen Hände, die den Boden aufscharrten, aus dem heute die wundertätige Quelle von Lourdes sprudelt, deutet auf die Unversehrtheit ihrer Haut, die Geschmeidigkeit und Spannkraft ihrer Muskulatur und bringt zum Ausdruck, dass sich überdies sogar die Leber in einem unerwartet guten Zustand befände. Auf den ersten Blick könnte man glauben, die Gesetze der Sterblichkeit würden bei ihr wirkungslos verhallen, zumindest möchte man das so sehen. Die Wahrheit allerdings scheint es zu sein, dass eine gewisse Konservierung mitgespielt hat. Außerdem stünden da die Worte des Herrn entgegen: »Bedenke, dass du Mensch bist und zu Staub zurückkehren wirst«, insofern wäre es noch möglich, von einem Phänomen zu sprechen, nicht jedoch von einem Geheimnis der Unvergänglichkeit.

Wie sich nachvollziehen lässt, sind die meisten Gäste einem völlig anderen Stern gefolgt, sie wollten das Unerklärbare vorfinden, das Unfassbare und Rätselhafte. Und nun streift mit einem Male der Wind der Ernüchterung durch die ehrwürdigen Hallen, letztendlich mit der Frage, wie verlässlich dann überhaupt ein Wunder sein kann, wenn die Jünger Christi höchstpersönlich ihre Zweifel anmelden. So bemüht dann auch einer der Anwesenden seine Logik und stellt anheim, was denn wäre, wenn man keine Einbalsamierung festgestellt hätte, würde man dann die gleichen Rückschlüsse ziehen?

»Eine interessante Frage«, fühlt sich Nemo angesprochen, »wahrscheinlich würde es sich dann um eine so genannte Trockenleiche handeln; dadurch entstanden, dass dem Grab bestimmte Kriterien oblagen, die dies ermöglichten. Vielleicht durch die kombinierte Wirkung von Kälte, Feuchtigkeit und Sauerstoffmangel. Bei diesen Gegebenheiten könnte das Unterhautfett an die Oberfläche gedrungen sein und die äußere Schicht mit einer Ammoniak ähnlichen Seife überzogen haben, jener Substanz, die man in den hiesigen Breitengraden als Leichenwachs bezeichnet.«

»Wenn Sie das alles schon wissen«, erregt sich der Kollege, »weshalb sind Sie dann überhaupt hierher gekommen?«

»Vielleicht um doch noch etwas mehr zu erfahren«, entgegnet Nemo, »wir haben ein scharfes Auge für Praktiken und Methoden und einen wachen Verstand für alles, was sich vereinfachen lässt, sind aber blind, wenn die Fantasie ausbleibt und die Vorstellungskraft verloren geht. Dabei ist die Welt an sich schon ein Wunder, mit Begründungsversuche und ohne.«

Als dann Nemo in den Augen der Besucher eine gewisse Hilflosigkeit zu erblicken glaubt, er jegliche Konfusion in den heiligen Gemäuern vermeiden möchte, begibt er sich in eine der hinteren Sitzbänke, sei es, um die Flöhe zu zählen, mit denen er heute morgen aus dem Bett gehüpft ist oder um dem geistigen Abstand eine räumliche Dimension hinzuzufügen.

Irgend so etwas wird es wohl sein, was seine Aufsässigkeit schürt, und wenn überdies die Laune fehlt, sich behaupten zu wollen, ist jedes Wort überflüssig und oftmals die beste Gelegenheit, seinen Verstand in Trance zu versetzen.

KAPITEL 4

Gott weiß es besser: Nichts ist zeitloser als die Zeit, jedenfalls scheint Nemo mit dieser Erfahrung geweckt worden zu sein. So fragt er sich, wie lange er wohl seinen Verstand in die Hände gelegt hat, eine Stunde, vielleicht zwei, oder gar eine halbe Ewigkeit. Offenbar ist das der geeignetste Stuhl, um sich nicht zwischen zwei andere zu setzen. Und da ihm die Skepsis mitspielt, dies würde sich nicht so bald ändern, verharrt er zunächst steiftrocken im Geäst seiner Glieder.

Nur nicht in Eile geraten, scheinen ihm seine Gedanken zu verraten, alles, was du denkst und tust, könnte gegen dich verwendet werden. Also bemüht er die allernötigsten Hirnzellen und gibt sich der flehentlichen Inspiration hin, der Allmächtige könnte ihn doch noch zu einer gedeihlicheren Zusammenarbeit ermuntern.

Dieses Leben, das von ihm Besitz ergriffen hat, wird zu einem Gemeinschaftsprodukt vieler Autoren, jenen, die alles verkünden und nichts beherzigen und solchen, die ihm das Gefühl vermitteln, er hätte sich ihnen gegenüber verantwortlich gemacht, letztendlich mit der Prämisse, dass er für alles was geschehen ist, oder auch nicht, die Konsequenzen zu tragen hätte, selbst wenn manchmal nur ein Cognac gemeint war.

So bewahrheitet sich einmal mehr, dass die Aufrichtigkeit eine Farce ist, und die Ansprüche verloren gehen müssen, wenn am Ende niemand mehr weiß, worauf es ankommt.

Doch bevor ihn die Idee erreicht, die Sanduhr seines grob gesiebten Inneren auf den Kopf zu stellen, schreckt ihn der Geistliche mit den Worten, was denn die Beweggründe gewesen wären, die ihn so plötzlich zur Flucht animierten. Die besseren Argumente hätte er allemal für sich in Anspruch nehmen können, wenn nicht gar zur Beschämung der Kirche. Aber welchem Motiv er auch gefolgt sei, er habe wohltuend zur Kenntnis genommen, dass es müßig wäre, unser Leben ausschließlich mit Fakten und Tatsachen bestreiten zu wollen, wenn doch am Ende nur das Glück und der Seelenfrieden die Lösung aller Dinge sein können.

»Wenn ich derart Gescheites äußerte«, erwidert Nemo, »habe ich mehr verraten, als mir hinlänglich bekannt ist. Was ich wahrscheinlich meinte, ist, dass man schlecht beraten wäre, den Lebenssinn mikroskopisch auszuleuchten. Man kann einen Körper sezieren, analysieren und durchleuchten, nur die Seele, um die es eigentlich gehen müsste, hat bisher niemand gefunden.«

»Allerdings nicht so konkret, als dass man sie anfassen könnte«, so der Gottesdiener, »falls sie dann nicht überhaupt auf der anderen Seite des Lichtes beheimatet ist. Etwas in uns gibt sich wissender, als wir es selbst sind. Insofern lohnt es sich also, die Dinge zu hinterfragen. Sie ausschließlich als Produkt der Schöpfung anzusehen würde nicht erklären, weshalb wir auf dieser Welt sind und worum es denn eigentlich in diesem Leben geht.«

Bekennt sich zu einem Kreuzzeichen und bedauert, dass ihm nicht die Zeit bliebe, dieses Gespräch zu vertiefen, da die nächste Messe auf ihn warten würde.

Als dann Nemo die gottesfürchtige Tür der Kathedrale durchschreitet und die Wege, die ihn blind erwarten, an die Ungewissheit des Alltags weiterreicht, ereilt ihn der Gedanke, dass es keine verpassten Gelegenheiten gibt, sondern nur ungenutzte Möglichkeiten. Also beschließt er, die alten Gesichter aus seinem Innern zu verbannen. Außer dass sie ihn unentwegt anstarren, haben sie eh nicht viel zu vermelden. Überdies dürfte es schwierig sein, sich mit ihnen zu erkennen zu geben. Wer seine Seele vornehmlich mit Illusionen und Erbetenem füttert, hat aufgehört, selbst zu existieren.

Dennoch kommt ihm nicht sogleich in den Sinn, wie er es denn anstellen könnte. So entlastete er sein Gemüt bisher mit der beschaulichen Tätigkeit, Löcher in die Luft zu schauen, blies sie auf mit tausend Seifenblasen und hofierte die Idee, dass das wahre Leben in der Loslösung aller Dinge bestehen müsse. Die Frage dürfte also lauten, wie viel Antlitz steht ihm noch zur Verfügung, wenn er die Vergangenheit auf die Gefälligkeit von morgen reduziert?

Hauste er doch seither in einem Flüchtlingsland von unbesiedelten Realitäten und verwaisten Gewissheiten, irgendwo am Rande der Zeit, wo ihm die Nachtigall sang und letztlich alles in ihm zur Farce wurde.

Trotzdem scheint die Botschaft angekommen zu sein, und so gibt es geheime Verlautbarungen, die ihn aufrufen, sich neu zu konsolidieren, augenblicklich mit der frischen Brise, die vom Meer her die Straßen aufweht, den besseren Teil seiner Erinnerungen zusammenfegt und zu verstehen gibt, dass hier und jetzt etwas Entscheidendes angesagt sein dürfte.

Indessen die Ranken der Weinreben an den warmen Wänden der Häuserfronten seine Aufmerksamkeit fordern und zu erkennen geben, dass sie gewillt sind, den Tag süßlich einzufärben. Nichts ist für nichts geschaffen, beschleicht ihn seine innere Stimme.

So besinnt er sich der Abenteuerlichkeit, ein paar Früchte zu stehlen, in Kauf nehmend, dass ihm eine Dame sichtlich erbost einen Blumentopf hinterherschmeißt. Derweil die grausigen Klaviertöne, die dem offenen Fenster entspringen, die Vermutung zulassen, ihn hätte auch Gewichtigeres treffen können. Verschenkt dankbar einen Handkuss und segnet den Umstand, soeben noch einmal davongekommen zu sein.

Als dann seine Beine das Tempo der Flucht mit immer eiligeren Schritten ins Benehmen rücken, scheinen einige Passanten zu begreifen, dass hier etwas Außergewöhnliches im Spiel sein muss. Und da die Neugier über alle Nichtigkeiten erhaben ist, fürchtet Nemo, ihm könnten am Ende die Argumente ausgehen und bei seinen Verfolgern die Faustregeln dominieren. So entschließt er sich, die mühselige Gerade um einige Häuserecken zu verlegen, und verschwindet eiligst durch die schmale Tür eines Bistros.

Günstigerweise sind die Fenster von außen verspiegelt und das wenige Licht, das eindringt, lässt die Vermutung zu, so manchen unseligen Geist vor seiner Identifizierung bewahrt zu haben. Wählt das Schweigeloch der spärlich besetzten Theke, entscheidet sich für eine Tasse Kaffee, verfeinert ihn mit einem doppelten Cognac und ist guten Mutes, über den Abgrund seines Zorns bald schon wieder neue Zaunkönige ausbrüten zu können. Zuweilen allerdings ist es die trübselige Luft, die jedes Gespräch beschneidet und die anwesenden Figuren zu Fledermäusen erstarren lässt, als hätte man sie frisch von der Decke geholt, fast schon ein bisschen gespenstisch.

»Wenn ich nicht wüsste, dass Sie den Zerfall der Zivilisation über den Mittagssender aufzuhalten versuchten«, befleißigt sich die feenhafte Schönheit vis-à-vis des Tresens, ihre tiefen Einblicke ins Gespräch zu bringen, »müsste ich annehmen, Sie wären um jedes Wort verlegen. Aber vielleicht befinden Sie sich ja auch gegenwärtig in einer kreativen Pause, normal wäre es zumindest, wenn Sie nach derartig aufregenden Geständnissen erst einmal in Sprachlosigkeit verfielen.«

»Sehr aufmerksam«, erwidert Nemo, »diese Phase habe ich zunächst auf zwei Wochen datiert, inzwischen denke ich sogar an einen gänzlichen Ausstieg. Es genügt nicht nur zu resignieren, man muss auch feige genug sein zu verzichten.«

»Dass Ihnen ein Problem hinterherreist, ist unschwer zu übersehen«, ermittelt sie unverblümt. Richtet ihre steilgerüsteten Airbags über den Schanktisch und führt an, dass sie mit emotionalen Crashs so ihre Erfahrung hätte. Man müsse ganz einfach zwischen dem, was man tut, und dem, was man ist, ein situiertes Polster schaffen. »Das Leben«, zeigt sie sich überzeugt, »ist eine Aneinanderreihung von Inszenierungen mit ungewissem

Ausgang, wer anders urteilt, ist entweder zu sehr von sich eingenommen oder ganz einfach ein Trottel.«

Nemo, der zwischenzeitlich gewillt ist, jeden Ratschlag zweimal umzudrehen, sieht sich einer dritten Variante gegenüber. Nicht was jemand sagt, dürfte entscheidend sein, sondern wie es gemeint ist. Intuitiv bewertet, ihm könnte der Engel mitspielen, den er dem Allmächtigen bislang vergeblich abzuschwatzen gedachte.

Veranschlagt ihre Talente mit der immensen Gunst ihrer explosiven Figürlichkeit, fühlt sich zusehends verstanden und hofft, sie hätte einiges von dem, was nur für ihn gedacht sein könnte. Zumindest sieht er die Zündschnüre glimmen, die ihren Körper sträflich umschlingen, und verfällt der Spontanität, sie im Sinne beiderseitiger Seelenrettung tilgen zu müssen. Spürt den schrillen Wirbel, der ihn hochreißt, setzt den Falken in ihm als Wagnis voraus, fühlt die Krallen, die seinem Gefieder zugegen sind, und ist überzeugt, dass nur er es ist, der gemeint sein kann, er, dem die Schwingen im Sturm wachsen, der ebenso dankbar wie erbeten den gebärenden Globus zu seinem Geschenk macht. Und wenn er sich dann so ungestüm proportioniert, gibt es keine Faser in ihm, die sich nicht im wilden Flug beweisen möchte.

Aber was seine Inspiration momentan auch hergibt, die Flausen von gestern dürften ihm den Durchblick erschweren. Als Sieger ist er nicht hervorgegangen, auch wenn seine Lippen den Durst nach weiteren Gefälligkeiten sprießen lassen. Der Fahnenwind, der sein Leben zurzeit durchweht, ist nicht unbedingt dazu angetan, ein Lied darauf zu singen. Und eine neue Arie müsste er sich erst noch begreiflich machen. Augenblicklich glaubt er, dass die Liebe von den Trieben abhängig sei und weniger von der Einzigartigkeit ihrer Blüten.

Schaut gegen die nächtlichen Farben der Wände, widmet sich der mit Cognac geschwängerten Tasse Kaffee und vermisst, nebst der Reinheit des Lichts, den Tropfen klaren Wassers, der ihn zum Quell aller Erkenntnis führen könnte. Löffelt gegen den Auftrieb schlechter Erfahrungen an, sieht die vielen Fragen keimen, die ihn verschlingen könnten, und beschließt, keine Antwort zuzulassen, die er nicht persönlich verfügt. Die Bedenken, wie er meint, dürften so lange vorherrschend sein, wie man mit sich selbst im Unklaren ist.

Nun muss man natürlich sehen, dass seine inneren Stimmen zuweilen ein wahres Chaos anrichten. Er glaubt zwar in der ersten Reihe zu sitzen, aber doch sehr weit von dem Pult einer Beethoven'schen Partitur entfernt. Was ihm ganz einfach fehlt, ist die Geduld und die Besinnlichkeit, sich zu disziplinieren. Mit anderen Worten, er ist nicht weniger taub als der Meister, allein ihm fehlt das Genie, trotzdem hören zu können. Aber das wird seine Tresenbekanntschaft längst bemerkt haben und ihm womöglich auch nicht unbedingt ins Gewissen reden wollen. Ihre Begabung scheint visueller Natur, sie schaut jemandem in die Augen, animiert ihn, das Gleiche zu tun, legt die Richtung fest, in die sie zu blicken haben, und ist guten Mutes, den Kopf ihres Partners damit verdrehen zu können.

Dabei ist es nicht die einzige Leine, die sie auszuwerfen gedenkt. So berichtet sie von einer Insel aus Stein und Moos, von geheimnisvollen Grotten und mystischen Gesängen, einer magischen Kraft, von der jeder schon nach kürzester Zeit erfasst würde.

Nemo, dem nicht so schnell aufgehen will, ob sie nicht doch ihren Körper damit meint, verweilt zunächst beharrlich in den sanften Lagunen ihrer Brüste, jenem Zaubernest, das gleichsam zart wie unbezwingbar erscheint. Und da er mit Früchten und Klängen jederzeit zu locken ist, sieht er nicht die Schwüre, die ihn daran hindern sollten, diese Reise mit ihr anzutreten.

Darüber hinaus erfährt er, dass er sich schon auf ein paar Tage einrichten müsse und dass das Meer um die schroffen Felsen der Küsten geradezu nach einer Taucherausrüstung schreien würde.

Eigentlich könnte ihm nichts Besseres passieren, als Wege zu laufen, die ohne Namen sind, die ihn wieder finden an einem völlig anderen Ort, fernab von Sackgassen und zugestellten Nutzlosigkeiten.

Keine Diktatur kann einem Menschen so viel Willen aufzwingen wie die Allüren einer unfertigen Gesellschaft. Zumindest ist er bestrebt, sich für eine gewisse Zeit aus dem Verkehr zu ziehen. So nimmt er das Angebot dankend entgegen, erkundigt sich nach dem Namen des Schiffes und zeigt sich zuversichtlich, die spießbürgerliche Landratte in ihm morgen in die Shorts zu bringen.

»Wie Sie dort erscheinen«, erwidert sie, »ist nebensächlich, Hauptsache, Sie bringen den nötigen Humor mit, die Klamotten so zu reduzieren, dass sie in einen Rucksack passen. Ansonsten werden wir uns der Freizügigkeit zuwenden, Haut zu tragen. Und wer darin nicht pingelig ist, dem wird auch das Wetter mitspielen.«

»Ich bin mir sicher, Sie wissen, worüber Sie reden«, blinzelt Nemo, »die einzige Kreation, die nicht aus der Mode kommt, ist, nackt herumzulaufen. Was man darüber trägt, ist so altbacken, dass man es alle halbe Jahre erneuert.«

»Sie bemerken die Fülle der Übereinstimmungen«, so der weibliche Interpret, »das, was die Natur nicht hergibt, wird die Wäsche nicht sicherstellen können.«

Als dann Nemo die spärlich bestellten Textilien bereits im Wind flattern sieht und seine Hände ihre beneidenswerte Figürlichkeit zu ertasten glauben, erkämpft sich einer der Nachbarn seine Aufmerksamkeit, kommt auf ihre nackten Gelüste zu sprechen und meint, dass nicht alles, was sich aus Zuneigung findet, auch das Glück vereint und dass am Ende manchmal nur der Sonnenbrand übrig bleibt.

»Weiß der Himmel, was er damit meint«, flüstert ihm seine Partnerin zu, »vielleicht ist er verheiratet, vielleicht sogar christlich getraut, irgend so etwas wird es wohl sein, das ihn unglücklich stimmt.«

»So manches Käferchen punktet mit den Jahren«, so Nemo, »möglicherweise ist es ganz einfach die Eifersucht, die ihm mitspielt.«

Verständigt sich lächelnd auf den morgigen Tag, zahlt mit großzügiger Münze und zeigt sich überzeugt, das Wechselgeld irgendwann bei ihr einklagen zu können.

KAPITEL 5

»Nur weil ich fortgegangen bin, habe ich dich nicht verlassen«, lautet die Notiz, die Nemos Schreibtisch beatmet, »was mich im Moment so unschlüssig stimmt, ist die Frage, inwieweit dieses Herz, das an deiner Seite aufging, die Zeit festhalten konnte, die dem Geschehen so unbedarft vorauseilte. Aber wenn die Vorsehung das bessere Gedächtnis besitzt und die Sterne mehr als nur ein Abenteuer disponiert haben, werde ich nicht zurückkehren müssen, ich werde schon immer da gewesen sein.«

Zeilen, die in Nemos Kopf immer wieder herumgeistern und nicht unbedingt auserkoren sind, sie sich begreiflich zu machen, zumindest wollen sie nicht so recht zu der Prophezeiung des Kommissars passen, Luciana wäre die Person, die er mit den Morddrohungen zuallererst in Verbindung bringen müsse.

Zwischenzeitlich sind allerdings Stunden ins Land gezogen und es sind die neuen Früchte, die in seinen Händen wachsen, süße Annehmlichkeiten, die sich an seine Haut verkleben und nie gekannte Sehnsüchte entfachen. Augenblicklich unter freiem Himmel, auf Meereswogen und im Windschatten heiß ersehnten Regens, der die Luft reinwäscht, das Licht wie die Leidenschaft und alles weitere, was an ihr hängen geblieben ist.

Erstaunlich, dass sie alle an Deck gefunden haben: die Gruppe Studenten, die davon ausgeht, dass ihre Entdeckungsreise nur rein körperlicher Natur sein kann, ein Pärchen, das, an Armen und Beinen gefesselt, sich gar nicht erst kennen lernen muss, ein Kapitän, den niemand kennt, und ein Schwulengespann, das alle kennen. Und so hüpfen sie mit viel nacktem Sein und wenig Ressentiments über die dampfenden Planken, schmecken die traubengroßen Tropfen kühlen Wassers, die der Herr über sie ausschüttet, reichen sich die feuchten Gelüste von Mund zu

Mund und sehnen die Stunde herbei, da sie zu neuem Keimen führen. Womit Nemos Ehrgeiz endgültig geweckt scheint. Wollte er seine Partnerin nicht tatenlos an andere verlieren, würde er sie jetzt mit seinen Lippen einfangen müssen. Und da jeder Kuss nur die Verabredung zu tiefgründigeren Erlebnissen darstellt, tastet er sich zu den beiden Zwillingskuppeln vor, die seine Partnerin zum Zerplatzen angespannt unter ihrer dünnen Bluse trägt, bringt ihre Knospen zwischen seine Zähne, wächst mit ihrem Begehren und kultiviert den Gedanken, dass sich niemand betroffen fühlen muss, wenn alle das Gleiche tun.

Dies alles inmitten der ungestillten Schwärze eines Gewitters, züngelnden Blitzen und kilometerweit verhallenden Donnerschlägen; mit hoch gepeitschten Wellen und der ungestümen Bereitwilligkeit, das frenetisch aufgeschäumte Boot in die Winzigkeit einer Nussschale zu verwandeln. Derweil großbäuchige Weinflaschen die Runde machen und niemandem aufgehen will, dass der Herr der Meere auch der Herr ihrer Sinne werden könnte, schlechtestenfalls mit der Laune, einige von ihnen über die Reling zu ziehen.

Als dann das Schaudern ringsum Gestalt annimmt, Nemos Gespielin den Halt vermisst, den sie eben noch so intensiv zu wecken wusste, besinnen sich beide, den Sturm unter Deck zu verlegen.

»Wer den Olymp der Gefühle unter Anbetung der Gewalt besteigt«, zeigt sie sich skeptisch, »muss gegebenenfalls mit dem Zorn der Götter rechnen.«

Schultert den verbliebenen Rest ihrer Kleidung, versenkt in liebevoller Kleinarbeit ihre heiligen Nährtöpfe und vermittelt, ohne es zu ahnen, den Eindruck, sie hätte dem aufmüpfigen Gebaren der Natur sicherlich auf wesentlich genehmere Art dienen können.

Mittlerweile gibt es dann auch kaum noch eine Planke an Bord, die nicht mit Kübeln abgeschüttet wird und die schmalen Taillen der Unermüdlichen an die Grenzen ihrer Zerbrechlichkeit führt. Wenigstens bei einigen, und hoffentlich nicht bis zur bitteren Konsequenz. Aber wer sein Tun und Denken an die Endgültigkeit aller Machbarkeiten abgegeben hat, sieht anscheinend nur, was ihm widerfährt, jedoch nicht, was er verhindern könnte.

So wird das Boot zur offenen Hand und ganz nebenbei zum gemeinsamen Schicksal. Spätestens hier müsste jedem bewusst werden, dass sich die Privilegien nur so lange halten, wie sie sich halten, oder besser gesagt, nicht über Bord verschollen gehen.

Aber so weit will zurzeit niemand denken und wie jeder zu hoffen wagt, auch nicht verhandeln. Für den Himmel sind sie noch nicht geschaffen und für die Hölle nicht reif genug. Und als genügten solcherlei Referenzen, sich zunächst einmal vor dem Schlimmsten zu bewahren, zieht sich das Meerungeheuer reuevoll in die Tiefe des Ozeans zurück. Wobei keiner so recht annehmen möchte, dass damit alles getan und alles gesagt ist, zu sehr steckt der Schrecken noch in ihren Gliedern. Ähnliches könnte jederzeit anstehen, dann vielleicht mit fataleren Folgen.

»Wir sind gewarnt«, findet Nemos Bekanntschaft ihre Stimme wieder, »was allerdings ausstehen dürfte, ist die Erkenntnis, ob wir es dann auch verstanden haben. Für einen Moment hingen wir wie der Wurm an einem Angelhaken, äußerst verrenkt und mehr als hilflos. Wären wir besser informiert gewesen, hätten wir uns diese Situation möglicherweise ersparen können.«

»Wenn ich mich recht erinnere«, so Nemo, »haben wir alle von bestimmten Eskapaden geträumt, wir wollten das Abenteuer und kein braves Kätzchen streicheln. Insofern sollten wir uns nicht verwundert zeigen, wenn wir nunmehr mit einem Tiger vorlieb nehmen müssen. Und da sich die Visionen in der Regel an das halten, woraus sie gemacht sind, genügt oftmals ein Windstoß, sich mit ihnen zu entfremden. Aber das wäre der nächste Takt, den man an die Instrumente bringt, und es ist nicht anzunehmen, dass man ihn aussparen wird. Das Spiel heißt alles auf einmal, Leichtsinn um jeden Preis, mit Gefühlen im totalen Bereich. Zu lange hat man das Leben ernst genommen, nun ist es ganz einfach an der Zeit, es zu belächeln.«

»Deine seherischen Qualitäten in Ehren«, hält Nemos Partnerin Isabell dagegen, »der Mensch ist mit komplizierten Bedürfnissen geboren und wird nicht weniger komplex das Zeitliche segnen. Doch nicht hier und nicht heute, das, was geschehen ist, haben wir uns einfältig eingehandelt, folglich sollten wir schon in der Lage sein, einen gescheiteren Termin zu wählen. Unser eigentliches Dilemma ist der Kapitän, er hätte das Wetter voraussehen müssen und ganz nebenbei auch die Gefahren, denen wir ausgesetzt waren. Aber da wir nun schon einmal nach unten gefunden haben, sollten wir unserer Kabine den Vorzug einräumen und den möglichen Erklärungsbedarf erst einmal an uns selbst weiterreichen, jedenfalls ließe er sich zu zweit weitaus gefälliger erfüllen.«

Nachdem dann die Nacht die letzten Ungereimtheiten verschickt und die Vorhänge gezogen hat, ist es jetzt die Morgenröte, die ihre Heimlichkeiten einfärbt, goldfiedrig und leichtfüßig, so als wollte sie die vergangenen Stunden in ihren Träumen belassen. Dass allerdings damit auch Illusionen gemeint sein könnten, sollte Nemo, der sich als Erster an Deck wagt, bedrückt zur Kenntnis nehmen. Überdies stellt er fest, dass sich das Boot im Kreis dreht und das Steuerrad unbeaufsichtigt seine eigenen Wendungen vollzieht. Es wäre also interessant zu erfahren, wo ist der Kapitän, wäre er müde gewesen, hätte er gegebenenfalls den Anker werfen oder auch den Autopiloten einstellen können.

Ansonsten kämmt das Meer seine gewohnte Dauerwelle, der Horizont erstrahlt im üblichen Glitzerschmuck und lässt erahnen, dass ein heißer Tag bevorsteht. Ferner ist es außergewöhnlich still, fast schon ein bisschen unheimlich. Lediglich ein paar Taue klopfen gegen die Bordwand, eigentlich nichts Ungewöhnliches, und doch glaubt Nemo zu verspüren, sie hätten etwas anzumahnen. Und da ihm die Geister schon einmal mitspielen, schaudert ihm bei dem Gedanken, der Bootsführer könnte über Bord gerissen worden sein. Wobei ihm das nicht so recht in den Sinn kommen will, schließlich kennt er sich bestens aus, er war der Einzige, der nüchtern war, und machte nicht den Eindruck, man könne ihm durch die Rippen blasen.

»Welch ein Morgen«, eilt Nemos Lotusblüte beschwingt an seine Seite, küsst ihm die Blässe aus dem Gesicht und ist guter Dinge, die kommenden Stunden in der Sonne zu verbringen. Aber so intensiv sie diese Ambitionen mit ihren Lippen auch verwöhnt, die Ereignisse an Bord wollen dem süßlichen Geschmack ihrer Worte den Enthusiasmus versagen. Außerdem ist die Nacht gerade ein paar Kilometer weiter gerückt, sodass sich eine neue Ordnung erst noch bewahrheiten muss und, wie Nemo zu glauben wagt, augenblicklich vom Gegenteil bestimmt sein könnte. Doch bevor er dazu kommt, seiner Anvertrauten die Details hierfür zu unterbreiten, bemerkt auch sie, dass ihr Schiff das eigene Fahrwasser durchschneidet und die Umlaufbahn um sich selbst erreicht hat.

»Wenn es das ist, was ich deinem Verhalten zu entnehmen glaube«, deutet Isabell auf den verschäumten Kreis, »bist du offensichtlich längst informiert, du weißt nur noch nicht, wie du es rüberbringen sollst.«

»Es kommt in der Tat einer mittleren Katastrophe nahe«, so Nemo, »sollte ich noch vor einiger Zeit die Arbeit als Sklaverei angesehen haben, wusste ich nichts über das Leben auf einer Galeere. Immerhin können wir uns nicht über Langeweile beklagen, womit weder die Situation noch der Tag zu Ende gedacht ist.«

»Nun wollen wir unsere Befürchtungen nicht gleich in eine Rüstung stecken«, hält Isabell dagegen, »es soll Leute geben, die sich an einem offenen Fenster die Nase platt drücken. Zunächst einmal müssten wir herausfinden, was Sache ist, dem Misstrauen werden wir noch früh genug Rechnung tragen.«

»Reisen und Rätselraten waren schon immer unzertrennliche Begleiter«, bemüht sich der weibliche Part des Männergespanns, ihre Diskussion zu verschönern. »Und wenn sich dabei die Laune erschöpfen sollte«, stützt er seine Taille, »könnte man mit einem Krimi nachhelfen.«

»Bis dahin ist die Welt ja noch in Ordnung«, so Nemo, »was aber wäre, wenn sich der Schmöker nicht an die Zeilen hält, die anrüchigen Texte das Papier verlassen und höchst realistische Züge bekommen, wenn den vermeintlich friedlichen Fischen an Bord eine hinterlistige Moräne mitspielt und, was niemand zu hoffen wagt, der Kapitän der Erste war, der über den Fettrand ihres Tellers blicken musste.«

»Wobei man schon in Erwägung ziehen sollte«, konkretisiert Isabell, »dass mit diesem Gespenst jeder von uns gemeint sein könnte und dass die Gefahr mit höchst bekannten Gesichtern ins Gespräch käme. Prinzipiell betrachtet, wir würden einander misstrauen und unserer bislang sorglosen Reise eine andere Interpretation beimessen.«

Indem sie allerdings begreifen, dass die Kommandobrücke in der Tat unbesetzt ist und weder Nemo noch Isabell so ausschauen, als wären sie um einen Aprilscherz bemüht, beschließen sie, den Rest der Crew an Deck zu zitieren. Und da sie schon einmal bei den fragwürdigen Möglichkeiten angelangt sind, dass Sofort und Jetzt nur dem lieben Gott vorbehalten ist, erinnert sich einer der beiden an die Glocke neben der Führerkabine. Eventuell ließe sich mit ihrer Hilfe die Brisanz dessen, was passiert ist, direkter rüberbringen. Da allerdings jeder um den Vortritt des anderen bemüht ist und Rücksichtnahme der legitime Herrscher ihrer Beziehung zu sein scheint, entscheiden sich beide, den Klöppel gemeinsam in Aktion zu versetzen. Packen sich reuevoll an die Hand, bestärken sich in ihrer Tat und harren der Dinge, die gleich passieren werden.

Dass Liebe eine komplexe Reaktion auf bekannte Ursachen ist, wusste Nemo seit je zu schätzen, dass sie allerdings so identisch verhandelbar sind, versetzt ihn schon einigermaßen in Erstaunen. Und so schickt er sich an, die bevorstehenden Erläuterungen persönlich ins Kalkül zu ziehen. Ziemlich erstaunlich, da ihn bislang jegliche Art der Verantwortung unter seinem Anzug kratzte und er sich schon im Interesse seiner Haut vor derartig abenteuerlichen Gelüsten zu bewahren wusste. Dennoch, dieser Fall lockt offensichtlich seine Reserven, und wer es zu deuten weiß, gegen seine Überzeugung und alle Zweifel, die ihm anlasten. Aber ein bisschen Sentimentalität zur unmöglichen Zeit hat so manchem Feigling zu ungeahnten Taten verholfen. Außerdem trat er diese Reise zur Selbstfindung an und nicht, um Urlaubskarten zu verschicken.

Als dann die ersten Turteltauben dem frühen Licht des Tages entgegenschwirren und niemand so recht begreift, wem sie diesen Blödsinn zu verdanken haben, befleißigt sich Nemo, sie mit den Geschehnissen an Bord bekannt zu machen. Derweil ihm die Details äußerst schonend über die Lippen kommen und für einen Moment vergessen lassen, wie ernst sich die Situation tatsächlich darstellt. Bisweilen wäre man sogar geneigt zu behaupten, es käme ihm weniger auf das an, was allen widerfahren könnte, als auf ihre himmlisch verfranzten Negligees.

Irgend so etwas muss es wohl sein, das ihm bei seinen Betrachtungen beiseite steht und, wer wollte es ihm verdenken, sogar ein gewisses Lächeln abverlangt. Nun könnte man natürlich behaupten, er hätte schon immer ein gestörtes Verhältnis zu klaren Aussagen gehabt. So war er stets der Überzeugung, dass nur der im Bilde sein wird, der von selbst begreift und nicht unbedingt dazu angehalten werden muss. Und als würde man ihm diese Philosophie von den Lippen lesen, sieht plötzlich jeder, worum es geht. Man könnte das allerdings auch so interpretieren, dass bereits eine gewisse Hilflosigkeit dazu beiträgt, andere zum Nachdenken zu bewegen. Wobei nicht auszuschließen ist, dass man auch seine Sendung kennt und so manchem aufgehen müsste, dass sie persönlich gefragt sein dürften, wollten sie zu einem gescheiten Ergebnis kommen. Prominent sein war schon immer ein Privileg dafür, das Podest des Gräuels für die wahren Helden freizuhalten.

Und so gibt es dann auch diejenigen, die dem herrenlosen Ruder an die Hand gehen und mit viel Mut zur Richtung Kurs aufnehmen, derweil die anderen sich blindlings in eine Seekarte vertiefen und so mancher, der dabei steht, überrascht zur Kenntnis nimmt, dass er nicht allzu viel damit anfangen kann. Die Idee also, doch noch einmal nach dem Kapitän Ausschau zu halten, wächst entsprechend der Einsicht, dass wohl niemand da sein wird, der ihn ersetzen könnte.

»So kann es also gehen«, resümiert Isabell, »wenn man gefragt ist, Klavier zu spielen, und sich mit der Tatsache begnügen muss, dass man dies bislang nicht einmal versucht hat. Aber wie gesagt, es soll Träumer geben, die abends mit einer Xanthippe ins Bett gehen und frühmorgens als Sokrates aufwachen.«

»Das lässt natürlich hoffen«, mutmaßt Nemo, »hier schaut niemand so aus, als hätte er nicht schon versucht, seinen Kopf beim Patentamt anzumelden.«

»Betrachten wir die Sache einmal anders, wir könnten auf das Handy zurückgreifen, wenn wir nicht der Empfehlung gefolgt wären, derartig nervende Gerätschaften zu Hause zu lassen«, meldet sich ein aufmerksamer Zuhörer zu Wort, »nun jedoch haben wir ein Funkgerät, das nicht mehr funktioniert, und weithin kein Schiff in der Nähe, dem wir zuwinken könnten. Lapidar formuliert, der einzige Vorzug, den wir besitzen, ist unser gemeinsames Schicksal, und selbst das wird durch den Teufel bedroht sein, solange wir nicht wissen, wem wir diese Zwangslage zu verdanken haben.«

»Sie bringen es auf den Punkt«, steuert das innig gelötete Ehepaar bei, »zunächst einmal sollten wir in Erfahrung bringen, wer derjenige ist, der sich derart langweilt, dass er uns und sich selbst um jedes Vergnügen bringen möchte.«

»Außer dem Kapitän selbst habe ich niemanden gesehen, der so angeödet wirkte, als dass er nicht auch bereit gewesen wäre, den Rest seiner Laune über Bord zu schmeißen«, erklärt sich Nemo, »der Ehrgeiz, sich zu vernichten, kennt keine Grenzen, vielleicht spielte sogar das Gewissen mit und die Inspiration, dem debilen Welttheater mit einer weiteren Gefälligkeit zu Diensten zu sein.«

»Natürlich sollten wir keine Möglichkeit außer Acht lassen«, zieht Isabell ihr höchst persönliches Fazit, »alles, was wir tun und denken, könnte mit tödlichen Folgen bedacht sein, sogar die Moral. Dennoch sollten wir uns nicht von Spekulationen leiten lassen. Der vermeintliche Übeltäter könnte nach wie vor mitten unter uns weilen, als Zuhörer, Vertrauensperson oder Besserwisser. Nur weil wir ein gutes Gespräch haben, ist letztlich nichts damit gesagt. Wir könnten auf dem einen Auge blind sein und mit dem anderen nicht sehen wollen. Außerdem ist anzunehmen, dass die meisten sich erst seit gestern kennen, und das reicht nicht unbedingt aus, den Glauben in Gewissheit umzuwandeln; der Flirt ist weder eine Offenbarung noch ein Geständnis.«

Inzwischen spricht sich auch bei dem Rest der Crew herum, dass die Wellen, die sie reiten, mit weitaus finstereren Prognosen gesattelt sind, als sie es bisher wahrhaben wollten. Ihrem augenblicklichen Plätschern dürfte sehr bald die Ernüchterung folgen, dass ihre Fahrt ein tiefes Abgleiten sein könnte, würde ihnen als Nächstes auch noch der Sprit ausgehen. Der Weg zurück zum Festland wäre sicherlich die nahe liegende Alternative, gewiss aber auch die entfernteste. Um jedoch eine der Inseln anzusteuern, die aus diesen Gewässern hervorragen, müssten sie schon genauer wissen, wo sie sich zurzeit befinden, wenn sie dann grundsätzlich zu erreichen wären. Die Menükarte hält sich also an deftige Speisen und wird, was alle fürchten, sich auf nüchternen Magen beweisen müssen. Insgesamt betrachtet, ist ihr Weggenosse keinesfalls ein Genosse des Weges, eher schon ein Monolith der Eiszeit, abgründig verstimmt und bodenlos verankert.

Momentan scheint jeder zu begreifen, dass die Welt um sie auch mit leiseren Tönen zu ertragen wäre. Sie wollten zwar den Abenteuerurlaub, aber keine tragischen Zwischenfälle, sie wollten das Meer in seiner gänzlichen Güte umarmen, jedoch nicht so innig verwoben sein, dass es ihre Seelen einklagt, um sie dann in den Wind zu hängen.

KAPITEL 6

Immer kleiner wird der Spielraum zwischen Hoffen und Bangen. Der Tag der Stunden ist ein blitzschnelles Krokodil geworden, äußerst gefräßig und nicht willens, über die Zeit hinaus zu verhandeln. Überwiegend ist es sogar die Antwort auf das, womit sie sich selbst infrage stellen. Irgendwer ist immer bereit, sich zu ängstigen, letztlich mit der regen Fantasie, die Schreie zu hören, die den roten Sümpfen des Horizonts entsteigen und ihre Seelen einklagen könnten.

Es ist, als steuerten sie ein Geisterschiff, das auf Wolken reist und mit Illusionen den Untergang probt. Kaum etwas, das nicht zur Flucht wird, selbst auf den Argwohn hin, sich darin zu verlieren. Aber wen oder was sie auch einfangen werden, der Tod sollte es nicht sein, nicht jetzt und nicht unbesehen.

Sicherlich wäre da auch noch die Frage, wem sie dieses Gesicht zu verdanken haben, jeder könnte gemeint sein, und so wäre ihnen zurzeit jedes noch so diffuse Gespräch wichtiger, als alles mit nichts zu beantworten.

Dennoch hat im Augenblick das Schweigen das Sagen, und so eng sie auch zusammen sitzen, im Grunde sind sie endlos weit voneinander entfernt. Derzeit ist es das Meer, das den Rest ihrer Aufmerksamkeit fordert, ihre Blicke einsammelt und von den Gelüsten bestimmt zu sein scheint, sich in die Leere aller vertanen Möglichkeiten einzuschreiben. So pflanzt man sich an die Reling, gleich einer trockenen Gerte und beneidet die Möwen, welche die Luft zu ihrem Zuhause gemacht haben. Derweil ihre Stimmen das Eis hüten und ihre Gedanken zu einem mutlosen Bündel ausgedienter Vokabeln erstarren. Bisweilen mit einer Art Sprache, die sich nicht mehr denken lässt, nichts mehr bewegt und, wer weiß, vielleicht sogar ihren Ausstand feiert.

»Ich sehe nicht den Käfig, der uns derart in die Enge befiehlt, dass wir keine Überlegungen mehr zulassen«, springt Isabell unversehens auf ihre Beine, »noch haben wir unseren Kopf bewahren können, folglich sollten wir ihn auch benutzen. Die Gitterstäbe, die wir im Moment vor Augen haben, das sind die eigenen Hirngespinste, das beklemmende Gefühl, uns womöglich zu früh und zu eilig ins Aus begeben zu haben.«

»Es ist in der Tat merkwürdig«, bestätigt einer der Studenten, »wenn das Weltall ruft, sind wir in der Lage, unseren Verstand in den Schwebezustand zu befördern. Geht es aber um ganz allgemeine Dinge, machen wir uns kleiner, als wir sind, entdecken zum x-ten Male das Spiel mit Kieseln und Muscheln und vergessen, dass das Meer sich dieser Wahrheit längst verschrieben hat. Mithin ist es also an der Zeit, dem Geschehen an Bord ein bisschen näher auf die Finger zu schauen. Nach allem, was bislang passiert ist, können wir ein Verbrechen nicht ausschließen, vor allem aber sollten wir festhalten, dass die Täterschaft vorgesorgt haben dürfte und aus wohl überlegten Gründen ein seetüchtiges Mobiltelefon auf Reisen nahm.«

»Eine Theorie, die Laune macht«, steuert Isabell bei, »wir sollten dieser Vermutung nachkommen, unsere Körper gegenseitig abtasten, die Kabinen durchsuchen und ganz allgemein nichts aussparen, was unseren Verdacht erregen könnte.«

»Kein schlechter Gedanke«, stimmt Nemo zu, »es würde unsere Indisponiertheit stimulieren, unsere Sensibilitäten beflügeln und dem Phlegma augenblicklichen Desinteresses gewiss einige lustvolle Impressionen bescheren. Selbst wenn das Handy dabei auf der Strecke bliebe, wäre es möglicherweise für so manchen ein reizvolles Vergnügen.«

Ohne nun weitere Details kundtun zu müssen, begreift eine der Damen, dass er in erster Linie sich selbst gemeint haben dürfte, beeilt sich, seiner habhaft zu werden, streichelt ihm die Röte ins Gesicht und nimmt bemerkenswert zur Kenntnis, dass ihm Außergewöhnliches beschieden sei, nichts jedoch, was sich gegen ihn verwenden ließe.

Aktivitäten, die offensichtlich derart feminin geadelt sind, dass der Rest ihres Geschlechts sich sogleich der Andacht unterwirft, seinen Segen möglichst hier und jetzt in Erfahrung zu bringen. Irgendetwas muss es wohl sein, das ihn so unentbehrlich macht, vielleicht sogar die Art, sich zu sorgen und zu kümmern, das Gefühl, angestarrt und begehrt zu sein; vielleicht der magischen Formel gemäß, dass es keine vollwertige Übereinstimmung geben kann, wenn nicht ein bisschen Verlogenheit dabei mitwirkte.

Isabell, die den Bittgesang der jungfräulich bestellten Pilgerschaft meilenweit verklingen hört, umreißt ihren Unmut mit der Anmerkung, dass Nemo nicht der Arzt an Bord sei, schon gar nicht der Gynäkologe ihrer Wahl. Aber was dem einen zur Quälerei wird, dient den meisten zur Belustigung; erst recht, als sich eine der Hochschülerinnen aufmacht, dem sich zierenden Schwulengespann an die Wäsche zu gehen und die beiden Antihelden, gleich verschreckten Möwen aufspringen und zu kreischen beginnen.

Als dann der erste Takt gespielt ist und die Noten der Begutachtung heimlich erteilt sind, entscheidet die Crew, dass man sich nunmehr an die Kabinen heranmachen sollte. Wobei sie Nemo und Anthony, dem Studenten, den Vorzug einräumen, ihnen sei die Idee beschieden gewesen, warum nicht auch der Ärger, den sie sich damit einhandeln würden. Bitten die beiden, eine gewisse Diskretion walten zu lassen und nur das in Betracht zu ziehen, was ihren Verdacht erwecken könnte. Mit voreiligen Rückschlüssen hätte bislang noch niemand Karriere gemacht. Selbst wenn ihnen das besagte Mobiltelefon in den Ohren piepsen sollte, müsse damit keine Täterschaft bewiesen sein. Letztendlich könne sogar die Vergesslichkeit mitgespielt haben, eventuell sogar ein Versehen. Wie immer also die Wahrheit geartet sein möge, sie käme aus verschiedenen Gründen keiner Offenbarung nahe. Außerdem stünde da noch die Befürchtung ins Haus, inwieweit dieses Ding jenseits aller Küsten überhaupt funktionstüchtig wäre.

So ist es auch nicht verwunderlich, dass das Vertrauen auf Rettung sukzessive der Mutlosigkeit weicht, sich zunehmend als Seegras entpuppt und so manchem den Wind des Schreckens erneut in die Glieder bläst, ihre Gedanken frisiert und zum Gespenst des Untergangs wird. Und wer seine Seele nicht schon über Bord weiß, hütet sie mit kleinlauten Lippen, halb fertigen Sätzen und dem Gebaren, sie jeden Moment in die See spucken zu müssen.

Parallel dazu wächst die Skepsis, sie seien rein zufällig in dieses Abenteuer geschlittert, irgendwer an ihrer Seite wird es sein, der das besser weiß. Und da sowohl ihr Gewissen als der Glaube, es könnte sich Grundlegendes ändern, an ferne Ufer genagelt ist, ereilt sie zusehends das Bedürfnis, dem steuerlosen Wrack ein ehrliches Opfer hinzuzufügen. Nach all dem Schaudern, dass nichts mehr geht, jener fatalen Ungnade, die sich wie eine gespenstische Woge über sie ausbreitete, ist inzwischen jeder willens, als Sargträger voranzuschreiten, bestenfalls, um den Teufel darin zu beerdigen.

Sicherlich spielt ganz einfach auch der Schock mit, dass der Tag wie zur Bleiche über sie aufgehängt scheint und dass ihr Boot so wenig brauchbar ist wie ein vollgesogener Pappkarton. Ziemlich enttäuschend, wenn man bedenkt, dass sie mit Belladonna-Pupillen an Bord gingen und nun mehr mit verkniffenen Bunkerschlitzen ihre Befürchtungen austragen. Es ist, als hielten die alten Kriege wieder Einzug, zerwühlten ihre Stirn und verhinderten mit heimlichen Wortsperren jeden freien Gedanken. Zuweilen genügt bereits eine unbedachte Äußerung, den Zorn aller auf sich zu ziehen, ein winziger Ausrutscher, um als Missetäter in Verdacht zu geraten.

Selbst als Nemo mit dem besagten Telefon an Deck stürmt, Anthony das intelligenteste Lächeln seiner Studienzeit aufsetzt, will niemand mehr wahrhaben, was er sieht. Offensichtlich möchte man den Verstand erst wieder zum Denken benutzen, wenn die Gewissheit mitspielt, keine weiteren Enttäuschungen mehr in Kauf nehmen zu müssen.

Erst als Isabell ihren Diskant mit den Klängen des Hochzeitsmarsches verschönt, ist man bereit, sich dem Sprechapparat zu nähern, wenn auch voller Ehrerbietung und mit größtem Respekt. Zusehends erwächst ihnen die Scheu vor Dingen, die funktionieren müssen, wollten sie Rettung versprechen. Ganz allgemein betrachtet, ihre Erregung wetteifert mit den Obertönen ihrer Nerven, und die scheinen derart verstimmt zu sein, dass sie erst dann wieder harmonieren werden, wenn das Libretto hierfür neu geschrieben ist, möglichst mit den Grünflächen an Land und jeder noch so trägen oder verölten Häusergasse.

Indem Nemo zu begreifen scheint, dass er wohl selbst gefragt ist, kramt er sich durch die Telefonziffern, die ihm halbwegs in den Sinn kommen, versucht sich mit der Dienstnummer seines befreundeten Polizisten, bemüht den Automatismus seiner Finger und ist einigermaßen erstaunt, dass ihm schon nach kürzester Zeit ein Freizeichen gewährt wird. Einstweilen dann mit der sonoren Gefälligkeit einer Frauenstimme und dem gemächlichen Hinweis, sich zunächst einmal auszuweisen. Da ihm allerdings die Verbindung zu wichtig erscheint, sie mit unnützen Details zu belasten, schildert er in aller Eile, worum es geht, was sich an Bord des Schiffes ereignet hat und welche Probleme auf sie zukommen könnten. Erst hiernach fühlt er sich aufgerufen, seinen Namen zu nennen, erläutert seine Kontakte zum hiesigen Kommissar und bittet sie, die Handynummer an ihn weiterzureichen.

Und während Nemo damit beschäftigt ist, Löcher in die Luft zu starren, die Crew neue Probleme befürchtet, trällert das Minitelefon Beethovens »Ode an die Freude«, fast schon ein bisschen snobistisch. Aber was der Situation noch an Sarkasmus anwachsen wird, der Kommissar begradigt es mit der nüchternen Betrachtung, dass er einen weiteren Anschlag nicht ausschließt. Lässt sich noch einmal die Abwesenheit des Kapitäns bestätigen und mahnt Nemo, seinen Hintern augenblicklich über die Bordwand zu schwingen. Das, was ihnen zum Verhängnis werden könnte, wäre nicht die Unbill des Meeres, sondern die

Wahrscheinlichkeit, dass der oder die Täter über ihr Vorgehen unterrichtet sein dürften und gegebenenfalls dazu entschlossen seinen, sie samt Kahn in die Luft zu jagen. Er jedenfalls hätte da so seine Befürchtungen, nicht zuletzt ihm seine Drohbriefe vor Augen kämen und zuweilen den Verdacht schürten, sie könnten damit in Zusammenhang stehen. Rät ihm das Handy trocken zu halten und verspricht, alles Erdenkliche zu unternehmen, sie aus ihrer misslichen Situation zu befreien.

Nemo der selten deutlichere Worte gehört hat, sieht zwar nicht die Beweggründe dafür, derart teuer gehandelt zu werden, zumal hier niemand so aussieht, als hätte er die Ehrlichkeit gepachtet. Doch wie immer er wem auch was anzulasten gedenkt, für die Crew wird es höchste Zeit, sich für eine Weile ins Kielwasser des Bootes zu begeben. Außerdem wäre es töricht davon ausgehen zu wollen, die bisherigen Ereignisse seien rein zufälliger Natur. Das, was sich bisher an Bord abspielte, deutet nicht darauf hin, dass damit das Ende der Affäre angesagt ist.

Ergreift eine umherliegende Mülltüte, deponiert in ihr das Telefon, fasst Isabell an die Hand und hüpft mit ihr unter Beachtung jener kostbaren Fracht ins Wasser. Was nicht unbedingt dazu führt, dass nun auch die anderen sogleich willens wären, ihnen bedenkenlos zu folgen. Erst als Anthony mit dem Schrei seines Lebens und unter Androhung, nicht schwimmen zu können, hinterherspringt, sieht sich die Crew bemüßigt, entsprechende Maßnahmen zu ergreifen. Wenig ermutigend hierbei die Tatsache, dass ihnen weder ein Beiboot als auch die üblichen Rettungsringe zur Verfügung stehen.

Aber wer sich auch mit welcher Überlegung plagt, für Isabell und Nemo gilt es, dem gepeinigten Anthony möglichst rasch unter die Arme zu greifen und entsprechend der Brisanz der Lage sich in aller Eile zu entfernen.

Dass dies die richtige Entscheidung sein sollte, beweist sich wenig später, als ein Feuerstrahl, der das Schiff durchzuckt, es mit einem gewaltigen Donnerschlag in die Luft wirbelt und gleich einer Nussschale auf die Wellen zurückwirft. Es ist der

Moment, da ihnen der Schrecken gleich mehrfach in die Glieder fährt, das Denkvermögen sprengt und ihre Körper mit der Last von Grabsteinen in die Tiefe zu ziehen droht. Nichts, was ihnen noch verständlich vor Augen kommt, das Licht um sie zerrinnt in zähflüssiger Finsternis und das bisschen Luft, das ihnen verbleibt, ist mehr als innig mit dem Abgesang des Todes vermählt.

Doch so schnell das Geschehen auch ihren Atem schröpft, das Gefühl, noch einmal davongekommen zu sein, beseelt unmerklich ihre Geister, zuweilen indem sie nach allem Ausschau halten, woran sie sich klammern können. Vorerst sind es einige Holzplanken, wonach sie greifen, sicherlich zu wenige, um sie gerecht zu verteilen, doch für Anthony, dem das Salzwasser zur Übelkeit geworden ist, die einzig brauchbare Lösung.

Aber noch kennt niemand das Ausmaß dessen, was passiert ist, nicht einmal als der Wind die ersten Schwaden aufbläst und das Meer sich ringsum zu beruhigen scheint. Spätestens nachdem die ersten Leichen an ihnen vorbeitreiben, erkennen sie, dass sie womöglich die Einzigen sind, die überlebt haben könnten.

»Das ist nicht der Ort der Verdammnis, der uns zuteil wird«, beeilt sich Isabell, ihre Gedanken unterzubringen, »es ist ein einziger Albtraum.«

»Oder ganz einfach die Nachbildung der Hölle«, erwidert Nemo, »aber was immer es auch ist, wir sollten das Entsetzen nicht zur Selbstgefälligkeit machen.«

Überreicht ihr den kostbaren Plastikbeutel, vergleicht ihn mit einer Monstranz und bittet sie, ihn für eine Weile in ihr Gebet einzuschließen. Er selbst würde der nicht vorhandenen Gegend einen Besuch abstatten und nach etwaigen Lebenszeichen Ausschau halten.

Isabell, die ihre Ängste bis auf die blanken Nerven hin abgewetzt sieht, ist nicht unbedingt willens, sein Vorhaben zu akzeptieren, derweil ihr der Gedanke mitspielt, dass die Mutigen ihre Aktionen stets über ihre Erfahrungen hinaus bestellt haben und in der Regel die begehrtesten Opfer waren. Also ermahnt sie ihn, sich nicht allzu weit zu entfernen, schließlich würde er hier gebraucht, er müsse sich dies nur hin und wieder ins Gedächtnis rufen.

»Und dennoch ist niemand wichtiger als jeder andere«, findet nun auch Anthony seine Stimme wieder, außerdem hätte er mit einem Schlag das Schwimmen gelernt und könne sich inzwischen bestimmt über Wasser halten.

»Da wäre ich mir nicht so sicher«, verwettet Nemo seinen Galgenhumor, »Sie hüten schön das Brett, und sollte Ihnen ein weiteres begegnen, greifen Sie zu, doppelt bestellt hält besser.«

Als Nemo sich dann zu dem besagten Exkurs aufmacht, seine Sinne ihn zu höchster Aufmerksamkeit anrufen, ist es bislang nur der Tod, der ihm entgegenschwimmt, vielleicht noch das Schaudern all dessen, was er angerichtet hat. Sogar die Wellen scheinen vor Schreck zusammengerückt zu sein und es ist, als hätte sich die Welt ein Leck geschlagen, als versickerte die Zeit in der Wunde jenes entsetzlichen Geschehens, als müsse sie erfassen, dass ihre Vorrangstellung über das Leben auch nur so lange währt, wie der Mensch bemüht ist, es zu respektieren.

Im Zuge dessen, dass Nemo zu erkennen glaubt, dass hier nichts mehr geht, blickt er urplötzlich in das verwirrte Antlitz Leons, und was immer er mitzuteilen versucht, zunächst ist es kaum mehr als nackte Hilflosigkeit, jene bittere Erfahrung, dass die Person, um die er bemüht ist, ihren Lebenswillen aufgegeben hat und auch bei großzügigster Auslegung nicht mehr dorthin zurückkehren wird. Keineswegs abzuschätzen hierbei die Trauer, jene leidvolle Tatsache, dass es sich bei ihr um seinen innigsten Freund handelt.

Ein Anblick, dessen sich Nemo kaum zu erwehren weiß, der unwillkürlich seinen Atem beschneidet und Abgründe auftut, die direkt in die Hölle führen. Wer alles verloren hat, vermitteln ihm seine Gedanken, dem ist auch alles gleich unwichtig geworden. Zumindest glaubt er nachvollziehen zu können, dass sich die Wände um Leonardo verschoben haben, die Leere sichtbar wird und das Unbegreifliche Einzug hält, dass die Welt um ihn zum Flackerlicht schwankender Wellen geworden ist, sein Gewissen einnebelt und der Vision entgegenreist, sich ebenfalls ein Weiterleben ersparen zu müssen.

Wenn also das Gegenteil dessen, was zu erwarten ist, geschehen sollte, bedient sich Nemo der Intuition, müsse er jetzt handeln. Und so wählt er die Gunst seiner geistigen Abwesenheit, ihn unter die Arme zu greifen, bugsiert ihn auf den verbliebenen Rest einer Bordwand, zerreißt sein Hemd in Stücke, dreht die Fetzen zu einer Kordel auf und schickt sich an, ihn samt Seele dingfest zu machen.

»Es ist sicherlich nicht die beste Lösung«, redet er in Leonardos Ohnmacht hinein, »augenblicklich jedoch die einzige, die uns zur Verfügung steht, vielleicht sogar die symbolträchtigste: wer nicht weiß, woran er sich halten kann, muss eben mit einem Strick vorlieb nehmen.«

Freilich hätte Nemo sich eine willigere Fracht vorstellen können, nun jedoch schiebt er einen Engel vor sich her, der ohne Flügel ist, bestenfalls in der Hoffnung, dass sie ihm noch nicht gänzlich angewachsen sind. Selbst wenn er aus der Besinnungslosigkeit zurückkehren würde, dürfte es schwierig bleiben, ihm diese Tatsache einzureden.

»Was ist die Story«, beeilt sich Anthony seine Fragen unterzubringen, »nach allem, was passiert ist«, begutachtet er die Fracht, »fand noch jemand die Zeit, ihn zu kreuzigen.«

Blickt in die spärlich besetzte Runde und verwettet seinen Verstand, wenn hier noch alles mit rechten Dingen zugeht.

»Um es auf den Nenner zu bringen«, so Nemo, »dieser Jemand war ich und nicht Herodes, und der Gekreuzigte ist weder Jesus noch er selbst, eher schon das Syndrom seines persönlichen Untergangs, vielleicht noch das Phantom der Oper. Genaueres werden wir erst erfahren, wenn er wieder zu sich kommt.«

»Dann sind wir also alle beisammen«, resümiert Isabell, »die Ohnmächtigen und die Toten und solche, die es bald sein werden. Kreativer formuliert, der ebenso kärgliche wie auch mysteriöse Rest einer Tragödie, die unmittelbar nach der Premiere absoff.«

»Wer so redet«, erwidert Nemo, »hat das Denken noch nicht verlernt.« Ersucht Isabell weitere Planken zu sammeln, und erklärt, dass man erst verloren sei, wenn man nichts mehr entgegenzusetzen hätte.

Nach einer Weile des Verschnaufens und der willigen Bereitschaft Isabells, sich um Leonardo zu kümmern, entschließt sich Nemo, einen erneuten Anruf zu starten. Wobei er sich ziemlich sicher ist, dass das Ding seinen Geist aufgegeben haben dürfte und nebst Wasser den obligatorischen Tod mitschluckte. Dennoch ist es ihm ein Bedürfnis, den Apparat in alle Richtungen zu schwenken, und sei es mit der Fürbitte der Erneuerung und der segensreichen Wandlung, Gott zu erblicken, wenn nichts mehr geht.

Zunächst ist es dann Leonardo, der in die gespenstische Welt der Realität zurückkehrt. Bittet Isabell, ihn von den Stricken zu befreien und versichert, keine unnötigen Schwierigkeiten zu bereiten. Er hätte zwar persönlich mit dem Leben abgeschlossen, möchte sie aber mit seinem Unmut nicht unnütz in Gefahr bringen.

»Wir sollten ihm glauben«, übernimmt Anthony, »im Kopf eines bereits Gehängten ist alles möglich, auch das Gegenteil; und wer möchte schon garantieren, dass wir besser aufgehoben sind. Nur weil wir andere Bedürfnisse haben, heißt das nicht, dass uns ein anderes Schicksal beschieden ist.«

»Dann haben wir ja wieder alle Gemeinsamkeiten dieser Welt«, erbarmt sich Nemo, »man muss sie nur genauer definieren.«

Was hiernach folgt, ist ein Wechselgesang von Einsilbigkeit und Schweigen, von nicht vorhandenen Themen und Resignationen, gleichsam der Leere, die ins Endlose reicht, um ihre Körper mit immer neuen Apathien zu bedrohen. Es sind die Stunden, die dahinschwinden, die ihre Kräfte rauben und die Seelen in ein gläsernes Licht tauchen, als hätten sie bereits das Nichts erblickt. Und es ist der Moment, da die Zeit durch die Finger rinnt, die Motivation in den Adern gefriert und die Sprache ins Alphabet der Bedeutungslosigkeit zurückfällt.

Irgendwann bricht dann auch die Nacht über sie herein, sind es die silbernen Karossen des Mondes, die ihnen entgegenreiten, die um ihre Gesellschaft bitten, so als wollten sie den Tod wie zur Hochzeit anmahnen.

Erstaunlicherweise sollten es nicht die einzigen Halluzinationen sein, die der Himmel zu verteilen trachtet. So erblickt Nemo zwischen den Nebelwänden des Meeres ein kristallenes Funkeln und, wenn ihm nicht gerade die Narrenkappe aufsitzt, ein Winzlingsboot mit einer mächtigen Gestalt an Bord.

Nur nicht in Panik geraten, scheinen ihm die Gedanken zu verraten, was falsch oder richtig ist, wirst du eh nicht mehr mit dir ausmachen können. Reibt sich die salzverklebten Augen, beatmet seine Stimme und schickt sich an, diesem Trugbild schreiend an die Wäsche zu gehen. Irgendetwas wird schon dabei herauskommen, wer nichts fordert, dem wird auch nichts Gescheites gewährt.

Und als hätten die gespenstischen Enten neben ihm den Kopf aus dem Wasser gezogen, quaken sie aufgeschreckt hinterher. Warum und weshalb, spielt schon längst keine Rolle mehr. Nicht einmal als das Spukwesen an Bord des Geisterschiffes sich mit einem »Hallo« zu erklären versucht.

Nemo, der seine Sinne besser im Griff hat, als die Belegschaft an seiner Seite, begreift, dass dies nicht der Fährmann des Jenseits ist. Dieser hätte bestimmt salbungsvollere Worte gewählt, vielleicht sogar zur letzten Beichte aufgerufen.

Dennoch traut er seinem Verstand erst, nachdem er fühlt, was er sieht. Detaillierter vermerkt, sein Kopf die Bordwand des Bootes zu spüren bekommt und ihm ins Gedächtnis will, dass es Schmerzen gibt, denen man höchst dankbar sein muss. Oder wie Anthony es formuliert, es gedeiht die Hoffnung, unser nächstes Konzert wieder mit irdischen Klängen zu beseelen, auch wenn der Himmel sich noch so sehr darum beworben hat.

KAPITEL 7

Man muss kein Prophet sein, um zu erahnen, dass die kommenden Tage nur schwerlich in ihrem österlichen Glanz zu erhalten sind. Gleichwohl sie vom Licht der Auferstehung doppelt versorgt sein dürften, ist zu befürchten, dass sie mit der Verlegung dekorativ verschnürter Geschenke neue Sprengsätze meinen.

Die Prozession der Ängste wird also weitergehen und sie wird das Geschehen so lange misshandeln, bis irgendwer am Galgen baumelt, gezwungenermaßen oder freiwillig.

Und da gleichsam mehrere Altäre zum Hochamt bitten, die Glocken der Erleuchtung weder vor der Staatsanwaltschaft noch vor dem Morddezernat Halt machen, geißeln die Palmwedel einmal mehr die eh schon Leidtragenden, frei nach der Devise, die Wurmzeit von heute könnte die Fischzeit von morgen sein. Also wirft man eine Scholle nach der anderen aus, sucht hier wie dort, bekreuzigt sich mit tausend Fragen; und selbst wenn nichts mehr geht, der Weg geradeaus durch den Wald ist die beste Alternative, den Kreis zu schließen.

Überdies wären da noch die Zeitungen, ihre Darstellungen sind derart plausibel gewählt, dass die Betroffenen besser beraten gewesen wären, erst einmal nachzulesen, bevor sie überhaupt etwas zum Tathergang gesagt hätten. Ganz allgemein betrachtet, sie treffen jede Mücke, die ihnen summend durch den Kopf geht, augenblicklich sogar mit dem Hinweis, dass sich ein derartiger Terrorakt nur mit dem Selbstmordkommando »Al Keida« erklären ließe.

Wie man sieht, werden die Dinge erst durch Spekulationen zu dem, was sie sind; und ganz nebenbei auch die Wahrheit, wollte sie keine Bagatellen handeln. Bestenfalls natürlich, wenn ein bisschen Krieg angesagt ist und der Konsument die Ängste verspürt, die ihn jederzeit selbst treffen könnten.

»Das wär's dann«, schreckt Nemo das Morddezernat, »wer mehr wissen will, weiß nicht, wovon er redet.« Erinnert an die sonderliche Karriere des Mister Goofy, der von Disneyworld ins Jesusland überwechselte, um sich dort zweimal am Tag für billiges Geld kreuzigen zu lassen, zur Ergriffenheit vieler und der Lächerlichkeit zum Trotz.

Stellt in Aussicht, dass derartig feudale Exkursionen nicht unmittelbar in ihrem Ehrgeiz stünden, und schlägt vor, das Gespräch auf einen späteren Zeitpunkt zu vertagen. Übertriebene Fürsorge, wie er meint, könnte der Verlegenheit entspringen, und dies möchte man weder ihnen noch sich selbst antun.

Sammelt die verstörten Geister neben sich ein, entschuldigt seine Impertinenz, wieder einmal zu wenig bedacht und zu viel erhofft zu haben, und empfiehlt seinen Mitstreitern, künftige Anhörungen nur mit Anwälten zu vollziehen. Sie alle hätten das Unglück bereits zur Genüge bearbeitet, als dass sie noch danach dürsten würde, es abermals zu besingen.

»Wie war das noch mit dem Allmächtigen«, will Leonardo wissen, »wie soll er uns ernst nehmen, wenn ihm bereits alles gehört, alles, was die Welt hervorgebracht hat, alle Tage und alles Leben, bis zum Ende der Zeit? Was bleibt da noch für uns, etwa die Illusion von alledem, die traurige Erkenntnis, in Wolkennestern gewohnt und mit Kuckuckseiern gehandelt zu haben? Eigentlich wäre damit längst der Tod des Lebens angesagt: wenn niemand etwas sein Eigen nennen darf, wie sollte er es verteidigen können, sich bedanken oder zufrieden fühlen? Ist nicht da schon die Ungerechtigkeit in die Wiege gelegt?«

»Sie haben Ihren besten Freund verloren«, erwidert Isabell, »vielleicht sogar die andere Hälfte Ihres Seins. Gewiss ist das nicht der Moment, einen klaren Kopf zu bewahren, und dennoch sollten Sie Ihren Blick nach vorne richten und die harten Sprengsätze in Ihrer Brust entschärfen.«

»Das ist leichter gesagt als getan«, bleibt Leonardo auf der Spur seiner inneren Zerrissenheit, »man fühlt sich in den Treibsand geworfen, bemerkt, dass nach oben nichts mehr geht und nach unten sich der Teufel an die Füße hängt. Man bereist ein schwarzes Loch, sieht, wie das Licht zusammenfällt und die Lebensgeister ihren Ausstand feiern. Ein einziger Wirbelsturm, der da an den Trossen deiner leiblichen Existenz rüttelt, der aus Totengrüften bläst und den Ehrgeiz sät, dich mit Haut und Haaren zu verspeisen.«

Schaut durch die Leere seiner Augen, zieht die trügerischen Fangnetze ins Kalkül, die das Wasser nicht halten, jedoch den geeignetsten Fisch jederzeit an Land zu ziehen vermögen. Verliert zusehends den Faden und erklärt, dass dies der Augenblick sei, den Globus seines Körpers auf eine passendere Umlaufbahn zu verfrachten. Stellt in Rechnung, dass die Welt verrückt genug wäre, all dies zu gewährleisten, verweist auf den Glockenturm der Kirche, dem sowohl die Betstunde wie das Feuer beschieden sei, und in den Händen eines Wahnsinnigen womöglich sogar zur Hochform auflife. Bedankt sich für ihre liebenswerte Art, ihn zum Helden zu stilisieren, und schickt hinterher, dass er wohl noch eine Weile daran arbeiten müsse, wollte er diesen Sockel nicht als Ameise zieren.

»Was immer er damit meinte«, ruft Anthony zur Nachdenklichkeit auf, »es preist sich nicht so an, als würden wir ihn noch einmal wiedersehen. Wer so redet, ist dem eigenen Fernsein derart dicht auf die Pelle gerückt, dass er den Gondoliere des Jenseits hat singen hören. Vermutlich sogar mit der gottesfürchtigen Andacht, dass niemand verloren geht, solange es jemanden gibt, der auf den anderen wartet.«

»Das Herz«, bemüht Isabell ihre weibliche Intuition, »verkörpert eine Blüte, die dem Licht zugewandt ist und sich bei Nacht zusammenzieht. Wir werden also nicht diejenigen sein, die ihn von seinen traumatischen Friktionen befreien könnten, vielleicht noch ein geschulter Psychologe, oder der allmächtige

Therapeut des Himmels. Aber auch nur vielleicht, so wie es ausschaut, hat er sich da bereits vor einer Weile festgelegt.«

»Wir alle leben in der Nähe eines Hafens«, fasst Nemo zusammen, »auch wenn wir das nicht immer begreifen oder zugeben wollen. Irgendwann, wenn uns diese Gewissheit trifft, wird alles zu spät sein, dann mit einer Seele, die zum Gespött ihres Selbst geworden ist und die Rückkehr in den Alltag nur noch als Farce wahrnimmt. Insofern sollten auch wir den Zeitpunkt als gegeben ansehen, uns zu verinnerlichen. Morgen ist ein anderer Tag und eventuell der geeignetste, um sich neu zu etablieren.«

Irgendwie überkommt Nemo das Gefühl, ein Gespenst geweckt zu haben, etwas, das ihn zur Flucht mahnt, ohne gleich von der Stelle zu kommen. Etwas, das in seinem Inneren scharrt und schauerliche Brunnen ausgräbt, das ihn gegen Wände anrennen lässt, die ohne Ausgang sind und sein Selbst entfremden wie ein seltsames Ding. Das ihn auf einen nicht vorhandenen Weg bringt, seine Sinne blockiert und die Barken umkippt, die ihn von irgendwo nach überall bringen sollten. Einerseits sieht er sich in die saugende Ferne verschickt, andererseits spuckt ihn die Gegenwart unmittelbar wieder vor seinen Füßen aus.

Vermisst zum x-ten Male das Mückengeschwader, das bislang seine Haustür so ansehnlich zierte, erinnert sich, dass alles nicht mehr so ist, wie es einmal war, und wagt die Prognose, dass ein Cognac, zwischen Daumen und Zeigefinger gehalten, augenblicklich der vernünftigere Partner sei. Von nun an gilt nur noch, was sich von allein einfindet, und nicht, worum man erst noch bitten muss.

Inspiziert seinen Kühlschrank, sieht die Leere wachsen, indem er das Haltbarkeitsdatum der Ware überprüft, stellt die Wunderlampe des Alkohols auf den Tisch und geht davon aus, dass sie schon alles richten wird, die schlechte Laune und, wenn nötig, auch den verdorbenen Magen. Sicherlich käme ihm noch eine Menge mehr in den Sinn, aber wie er glaubt, werden es die anderen sein, die ihn diesbezüglich auf dem Laufenden halten.

Begibt sich auf die Terrasse, lauscht der Brise, die sich singend um die Dämmerung schmiegt, verlegt sein Ohr so nah es geht an ihre wundersamen Töne und genießt mit tiefen Zügen die unendliche Zartheit der Luft; prostet gegen den Geist der Flasche an und ist guter Dinge, ihn so lange zu unterhalten, wie er sich nicht von selbst verabschiedet. Gründe hierfür ließen sich genügend finden, nicht zuletzt der Tatsache zuliebe, dass er so gerade noch einmal dem Tod von der Schippe gesprungen ist.

Einstweilen ist es dann auch die Zeit, da die schwarzen Vögel ins Unterholz zurückflüchten und der Tag den Himmel für die Sterne freigibt, ist es die Musik des Weltalls, die seine Seele passiert und ihre wund geschlagenen Flügel sanft zusammenklappen lässt.

Vergleichsweise leer und verlassen geben sich die Molen des frühen Tages, wenngleich ihm bewusst wird, dass ihn die Nacht nicht fortgerissen hat. Kratzt sich den Bart aus seinem Scherbengesicht, begibt sich in das lächelnde Weiß seiner Zähne, hungert sich durch den gähnenden Abgrund seines Magens und schließt nicht aus, die kommenden Stunden zu seinem höchstpersönlichen Speiseplan zu machen. Was Nemo jedoch unbeachtet lässt, ist die leidliche Tatsache, dass Monologe wie geschaffen sind, sie störend zu unterbrechen, gegenwärtig in der Gestalt des Briefträgers und wenig später in der wissbegierigen Erscheinung seines befreundeten Polizisten. Während dem einen daran gelegen scheint, nebst der vielen Schreiben, die er zu verteilen trachtet, die Legenden zu berichten, die sich um seine Person spinnen, ist es der Kommissar, der verzweifelt zum Ausdruck bringen möchte, dass er nur sehr wenig zu seiner Rettung habe beitragen können.

»Ich würde das nicht so sehen«, beteuert der Postbote, »nach allem, was über die Medien ging, waren Sie es, der der Bootsbesatzung den Rat gab, sofort ins Meer zu springen. Insofern haben Sie alles bedacht, und wenn ich für Sie sprechen sollte, ein Cognac müsste schon drin sein.«

»Das sehe ich genauso«, mischt Luciana wie aus dem Nichts geholt das Thema auf. Bemüht sich um den entsprechenden Vorrat, küsst Nemo auf die Stirn und beeilt sich zu erwähnen, dass sie schon einigermaßen überrascht war. Nicht nur, dass ihm sein eigenes Dasein am Herzen lag; er hat es obendrein großzügig gehandhabt und zumindest drei weiteren Personen damit das Leben gerettet.

»In der Tat«, so der Briefbote, »das macht ihn zum Helden. Ich höre jetzt schon den Senat schreien. Wenn nicht er es ist, der ihr Image aufpolieren kann, wer sonst? Vielleicht winkt sogar eine Auszeichnung. Jedenfalls wird es niemanden geben, der das nicht begrüßen würde.«

»Sie lauschen durch offene Türen«, lächelt Luciana, »und Sie sollten es intensivieren. Für Nemo ist es gut zu wissen, was mit ihm passiert und womit er sich anfreunden muss.«

Kredenzt einen weiteren Cognac und meint, dass er sich doch bisweilen auf seine Freunde verlassen konnte, warum nicht auch auf seine Feinde.

»Nur weiß man nicht immer so genau, wer Freund und Feind ist«, hält der Kommissar aufrecht, »wir alle brauchen den Lieblingsgegner, auf den wir allzeit zurückkommen können, manchmal sogar als Ersatz für die fehlenden Mücken.«

Nimmt Nemo mit listigen Augen ins Gebet und erklärt, dass er diese Philosophie selbst unter die Leute brachte. Kommt dann allerdings auf den Vorfall zurück und mystifiziert die Gestalt des Kapitäns, sein plötzliches Verschwinden und die Tatsache, diese Reisen offensichtlich stets allein bestritten zu haben. »Selbst wenn er ein Einsiedlerkrebs ist, würde er nicht außerhalb allen Geschehens gelebt haben. Irgendwen muss es also geben, der ihn kennt und mit ein paar Informationen dienlich sein könnte: so leer dürfte niemand dastehen, als dass ihm nicht einige Krümel aus der Tasche gefallen wären.«

»Sie denken also auch, dass das Ganze nicht unbedingt ein blindwütiger Akt, sondern kalkulierter Mord war«, erwidert Luciana. »Würde man den Medien Glauben schenken, entspräche dieses Szenario den bisherigen Terroranschlägen der Al Keida. Was allerdings nicht überkommt, ist, dass der Prophet Mohammed den Selbstmord seiner Krieger vorgesehen hat und hierfür scheinen sich zunächst einmal keine Beweise zu finden. Das Geschehen begründet sich also nicht auf Dinge, die man weiß, sondern darauf, wie sie sich vermarkten lassen. Der steigende Bedarf an außergewöhnlichen Informationen wird immer mehr zu einem Glaubensbekenntnis. Irgendwann wird die Einbildungskraft die Oberhand gewinnen und man wird annehmen, was man redet und nicht, wie es sich versteht. Insofern ist unser Protagonist gut beraten, sich nicht als Held feiern zu lassen, die Friedhöfe sind derart voll davon, dass man sich fragen muss, wo denn die Ganoven begraben liegen.«

»Nun gut«, sucht der Kommissar seine eigene Meinung auf, »wie plötzlich etwas zu Ende gehen kann, müssen wir nicht erst diskutieren. Andererseits ist Nemo nicht der Typ, der so schnell aufgibt, wir haben es gesehen und wir werden es bestimmt auch weiter beobachten dürfen.«

Bemerkt seinen knurrenden Magen und regt an, die schauerlichen Prognosen für eine Weile auf sich beruhen zu lassen. »Was kommt oder nicht kommt, steht nicht immer in unserer Macht, aber wir können dafür sorgen, dass wir es nicht hungrig erfahren müssen.«

»Sie werden verzeihen«, begibt sich ein Kollege des Kommissars in den Ausgang unseres Gesprächs, »aber die Information wäre zu brisant, als dass man sie zurückhalten sollte.«

Schnaubt die gestaute Luft aus seiner Brust, hüstelt den Zigarettendampf aus beiden Lungenflügeln und dezidiert, dass es eine schlechte und eine gute Nachricht gäbe. Die eine bestünde darin, dass der Kollege Kommissar soeben zum Leiter der Mordkommission ernannt wurde, und die andere, dass der gerettete Leonardo Uris durch einen Schuss in die Schläfe Selbstmord begangen habe.

»Das Leben scheint eine einzige Kostümprobe zu sein«, bestellt Luciana ihre Geister, »erst wenn wir sie alle kennen und nichts mehr geht, wissen wir, in welcher Rolle wir gelebt haben.«

»Ich fürchte, Sie kommen der Wahrheit bedenklich nahe«, so der Kommissar, »die wenigsten Leute wissen, womit sie sich zum Narren machen, insofern gibt es keine Überraschung, die so ursprünglich wäre, als dass sie noch einer Sensation gleichkäme. Um es zu versachlichen, der Berg ruft und die Packesel haben einmal mehr das Nachsehen.«

KAPITEL 8

Kaum ein Ereignis, das dem Menschen geläufiger ist als der Tod. Jeder kennt seine substanzlose Qualität, jene gänzliche Auflösung des Zeitmythos Sein, dieses Antigesicht, das sich zum Jenseits hin entfärbt, seine Identität ablegt und zur Maskerade des Untergangs wird, fast schon ein bisschen ehrenrührig.

Zuweilen verkörpert er eine Wirklichkeit, die ihr eigenes Diktat schreibt, ihre eigene nicht vorhandene Welt apostrophiert und mit einer Sprache ins Gerede kommt, die wir einem völlig neuen Alphabet zuordnen müssten, wollten wir uns erfolgreich darin einlesen. Es ist, als öffnete er Räume, die ohne Widerhall sind, die sich bis ins Endlose hinein ausweiten und nur noch widerspiegeln, was unser Gedächtnis hergibt.

Heute jedoch, da man Leonardo zu Grabe trägt, scheint sich so manches zu erübrigen, man tuschelt sich durch die Andacht hindurch, meidet den Begriff Besinnung und stellt unter Verdacht, was jedem so gerade an Missfallen in den Sinn kommt.

Selbst der Pfarrer, dem man bescheinigen sollte, in der Neutralität allen Geschehens zu leben, ist nicht unbedingt gewillt, Leonardos Leichnam an die Allmacht des Herrn weiterzureichen. Offensichtlich hat irgendein Gespenst diesen Tag an sich gerissen und die Türen zu jeglicher Demut hin verschlossen. In welche Gesichter Nemo auch blickt, sie ähneln wächsernen Masken, als hätte das Nichts sie angesaugt.

Umso massiver wiegt dann auch das Geläut der Glocken, ereilt sie Schlag um Schlag die Unversöhnlichkeit der Zeit, wie jene misslichen Klänge, an denen die Jahrhunderte bleischwer hängen geblieben sind. Jedenfalls scheinen sie heute durch ihre Intervalle zu fallen. So vermisst Nemo die Reinheit ihrer Töne, als hätte man sie um ihre Intonation beraubt.

Es ist also keineswegs die Musik der Seligmachung, die Nemo wahrnimmt, eher schon der Abgesang einer Welt, die an ihrer Vergänglichkeit erstarrt ist, sich selbst aufgegeben hat und nur noch zulässt, was dem Hier und Heute opportun ist.

Und so nimmt er die Gelegenheit wahr, seinen Unmut gegen die fehlende Anteilnahme zu richten. Entsprechend lautstark, um niemanden zu verschonen, und eindringlich genug, um das Gewissen der Einzelnen zu erfassen. Wobei es ihm darauf ankommt, Leonardos Kampf anzusprechen, den er mit sich und seinem Gewissen ausmachen musste, als das Meer seinen geliebten Freund für immer in die Tiefe riss, seine aufopfernde Beherztheit, nichts unversucht zu lassen, ihn wieder ins Leben zurückzuholen, selbst über den Moment hinaus, da nichts mehr ging und er davon ausgehen musste, bereits alles verloren zu haben, sein besseres Ich und seine ganze Liebe.

Dennoch werden sie die Sonnenstunden mitnehmen, die ihrer beider Leben in den Tag stellte, ihre Seelen und ihre Sehnsüchte, Gefühle und Verantwortlichkeiten und alles andere, das ihnen wertvoll genug erschien, es über ihr Schicksal hinaus miteinander zu teilen.

Wendet sich an die Umherstehenden, bittet sie, dies in ihrem Gedenken zu berücksichtigen, und weist darauf hin, dass das Ende für jeden noch früh genug käme, dann hoffentlich in einer Beziehung, die ihresgleichen sucht und ausreichend stark wäre, sich nicht ängstigen zu müssen.

»Sie haben mutige Worte formuliert«, spricht ihn einer der Passanten am Ausgang des Friedhofes an, »hoffentlich waren sie auch klug genug bedacht.«

Wählt die finsterste Miene, die der Gottesacker herzugeben hat, und erklärt, dass nicht jeder in der Zeit leben würde, in der er geboren sei. Manche hätten in ihren Köpfen noch das Rauschen alter Grammofone, den rustikalen Klang des Ewiggestrigen. Kommt auf den familiären Clan Leonardos zu sprechen, der sich bis in die Zeit Neros zurückverfolgen ließe und im gegebenen Moment so manches Tränenfläschchen zur Explosion brachte.

Tippt sich an die blumige Krempe seines Hutes, lächelt sich den Mephisto ins Gesicht und erteilt Nemo den Rat, seine Offenherzigkeit künftig mit etwas weniger Lärm zu besingen. Die Beredsamkeit habe viele Mitwisser und manchmal auch ein paar Feinde zu viel.

Und da der Narr Gesellschaft braucht, wird es nicht bei dieser einzigen mysteriösen Begegnung bleiben. Plötzlich sieht Nemo sich einer Dame gegenüber, die sowohl ihren gesegneten Leib zur Disposition stellt als die Sorge darüber, wie sie sich verständlich machen könnte. Irgendetwas scheint ihren Händen zu entgleiten, etwas, das schwerer wiegt als der bloße Umstand, schwanger zu sein. Und so erklärt sie mit wässrigen Augen, dass sie dem Wunsch Leons nachgekommen sei, ein Kind für ihre Männerehe auszutragen. Wobei sie flüsternd hinzufügt, dass er ja eigentlich zeugungsunfähig war und sie sich unglücklicherweise zu einer therapeutischen Maßnahme überreden ließ.

Nemo, der augenblicklich die Brille vermisst, die er bislang nie tragen musste, sieht sich unmittelbar wie ein Telefonmast an den Straßenrand gestellt; derweil die Drähte seiner Nerven zu summen beginnen und die Allmacht seines Geistes den Verdacht signalisiert, er müsse nicht alles begreifen, was ihm zeitweilig zu Ohren kommt, zumal es sich hier um Cloning handeln dürfte und er sich in seinen Kompetenzen überfordert sieht.

Aber da er sein Rückgrat schon einmal aufrecht verpflanzt hat, die Elemente Richtig oder Falsch an die Ursuppe allen Geschehens zurückbefahl, gibt er sich dem Optimismus hin, dass sie sich der Familie Uris anvertrauen sollte, sie wäre bestimmt an einer gütlichen Einigung interessiert, vorausgesetzt ihre Aussagen entsprächen der Wahrheit.

Sicherlich hätte sich Nemo einen friedvolleren Tag gewünscht, zumal das Schicksal genügend Strapazen einprogrammiert hat und er eigentlich abgearbeitet sein müsste. Aber wenn die Kreise einmal gestört sind, kommt es zu den absonderlichsten Verkettungen, da hilft es dann auch sehr wenig, sich aus der Verantwortung zu stehlen, die Welt ringsum hält sich eh nicht daran. Sieht sich inmitten frisch geschaufelter Maulwurfs-hügel und hegt den Verdacht, selten so aktiv unterwandert worden zu sein. Aber welche Probleme sich auch anbieten, manche sind derart selbst opfernd gestrickt, dass sie beim puren Anblick wehtun. So scheinen die Worte »Nein danke« seinem Gedächtnis völlig abhanden gekommen sein.

Besinnt sich der inspirativen Wirkung einer Zigarette, beschließt, künftige Zusagen erst nach ein paar tiefen Atemzügen seinem Bewusstsein zur Genehmigung vorzulegen, und hofiert die Idee, dass von nun an alles nur besser werden kann. Wie gewagt dieser Vorsatz allerdings sein sollte, manifestiert sich bereits in dem Geschick, Isabell geradewegs in die Arme zu laufen, zuweilen mit der beherzten Note, dass der wenig geläuterten Seelengemeinde die Jalousien vor Augen zusammenfallen und, womit zu rechen ist, neue Gerüchte zum Keimen bringen.

Nun hätte sich Nemo alles andere ausgedacht, als derart hart in den Wind gestellt zu werden, tastet seine Brusttaschen nach weiteren Zigaretten ab, wertet ein zweites Päckchen als Fügung des Herrn und beschließt, die Dinge zunächst einmal für sich selbst sprechen zu lassen, zumal er nicht die Chance sieht, für alles eine ehrliche Antwort zu finden. So mancher hat mit seinem Geist verneint, was er bereits mit seinem Körper entschieden hat.

Gewiss kreisen seine Gedanken nicht zuletzt um Luciana, ihre unwiderstehliche Impertinenz, sich über den Klatschmohn seines Gartens herzumachen, und ihre frivole Art, Teppiche mit ihren Brüsten zu streicheln, Bücherregale langbeinig zu entstauben, um tiefste bis unerschütterlichste Einblicke zu gewähren.

Doch bevor er in die Verlegenheit kommt, die Ringe, die er in die Luft bläst, olympisch miteinander zu verketten, gesellt sich der Kommissar wie von Geisterhand bestellt hinzu. Für Isabell, die inzwischen jedem Verhör gegenüber höchst misstrauisch geworden ist, ein Grund, sich bei Nemo bis zum Abend zu verabschieden.

»Was ich zu berichten habe«, so der Kommissar, »ist schnell gesagt«, bittet ihn ins Auto und meint, dass man keinem Friedhof trauen könnte, hier hätten sogar die Grabsteine Ohren. »Doch zum Problem, inzwischen haben wir herausgefunden, dass Lucianas Mutter Selbstmord begangen hat und dass sie eifriger Besucher deiner Sendung war. Bis dahin gewiss nichts Ungewöhnliches, aber bei Gesprächen mit Nachbarn fanden wir heraus, dass diese Telefonate mehr als nur der Hilfeschrei einer verletzten Seele waren, sie hatte sich offensichtlich mehr versprochen. Ohne nun ins Detail gehen zu wollen, könnte sich Luciana dieses Dilemma zu Eigen gemacht haben und erst wieder Ruhe geben, wenn sie dich an den Pranger gestellt hat.«

Erklärt, dass er sich nur für kurze Zeit von seinem Schreibtisch habe befreien können und es ihm immer schwerer fiele, seinen Kollegen gegenüber als Vorbild zu gelten. Zumindest wisse er, womit er von nun an rechnen müsse und was auf ihn zukommen könne.

Die Neuigkeiten halten also wieder einmal mit den unzweckmäßigsten Fragen Schritt. Nichts ist geklärt, aber alles angesagt. Dennoch sieht sich Nemo nicht genötigt, die Worte des Kommissars an die Brusttasche zu heften. Gäbe es einen Menschen, dem er sich gegenwärtig blindlings anvertrauen würde, müsste dieser nicht nur vom Zehnmeterbrett springen können, sondern auch wieder zurück. Aber da er bislang niemanden sieht, der solche Künste beherrscht, versucht er sein Glück mit sich selbst. Wenn auch zunächst mit der soliden Philosophie, dass man die Fährte nicht so heiß handeln sollte, wie sie ausgelegt ist, manchmal sei sie nur die Finte dessen, zu übersehen, was sich rechts und links des Weges abspielt. Überdies glaubt er zu wissen, dass Luciana nicht den Moralisten verkörpert, der Geschenke verteilt, woran er selbst keinen Spaß hat. Sie genießt es, bewundert und vergöttert zu werden, und warum sollte sie dabei ausgerechnet an den Henker gedacht haben.

Gewiss ist es nicht die Stunde, fröhliche Verse zu schreiben, aber es ist auch nicht der Moment, sich in eine Felsspalte zu verkriechen, um einer Moräne Gesellschaft zu leisten. Die Gefahr ist ein Lehrstück der Verwandlung und ein Meisterwerk des Todes, einerseits fühlt man sich zu ihr hingezogen, andererseits tun wir alles, um uns von ihr zu befreien. Man beschwört jegliches Risiko und stellt erstaunt unter Verdacht, dass man eigentlich genau das Gegenteil meinte.

Als dann Nemo die verklausulierte Welt seiner Gedanken an die Schlüssel der Haustür bringt, Fluch und Segen in die bequemeren Schlappen stellt, ist es der erfrischende Duft Lucianas, den er wahrzunehmen glaubt, ihr unbefangenes Lächeln, das sich in allem widerspiegelt, das sich seiner Blicke bemächtigt und zum Fangnetz seiner Gefühle wird. Wo immer er hinschaut, ihr Antlitz ist allgegenwärtig, ihre Wesensart und ihre Figürlichkeit.

Selbst den goldenen Rispen des Grases vor der Terrasse ist die Laune anzusehen, ihre nackten Füße zu küssen, es ist die hautwarme Süße der Luft, mit der sie Gestalt annimmt, sich wie eine Rose entblättert und zur Umklammerung seiner Sinne wird.

Schwingt sich in die Hollywoodschaukel, lauscht der mittäglichen Stille hinterher und versinkt für eine Weile in die aufgeschüttelten Kissen der Träume.

Aber wie so oft ist die Stille trügerischer als aller Lärm. Folglich schreckt ihn plötzlich eine Männerstimme mit den Worten, dass der Schlaf nebst offenen Türen die zuverlässigste Art sei, sich in Gefahr zu begeben.

»Sie sollten inzwischen dazu gelernt haben«, nimmt der Fremdling Gestalt an, »die Zeit der Sorglosigkeit dürfte für sie ein paar unwiederbringliche Macken bekommen haben, zumindest solange nicht geklärt wurde, was an Bord des Schiffes tatsächlich passiert ist.«

Stellt sich als David Uris vor, bittet um Nachsicht, so einfach hereingeplatzt zu sein, beteuert dass sich die Dinge in ihrem Hause überschlagen hätten und es ein Sakrileg sei, sich erst jetzt für den mutigen Einsatz um Leonardos Leben zu bedanken. Ausdrücklich schließt er die Verbundenheit seiner Familie ein, sie alle stünden in seiner Schuld, und es wäre schon einigermaßen ehrenrührig, würde ihnen die Gelegenheit verwehrt bleiben, ihn in ihrem Hause empfangen zu können.

Würdigt seine Worte anlässlich der Beerdigung und ersucht ihn um Verständnis, sollte ihm der Eindruck mitgespielt haben, die anwesenden Personen hätten ihre Anteilnahme bereits vor der Friedhofsmauer abgelegt und seien dem Geleit einzig aus purer Schnüffelei hinterhergetrottet. Was bei allen jedoch haften geblieben sein dürfte, war seine Rede, seine freimütige Art, die Dinge beim Namen zu nennen, und die nachdenkliche Sentenz, dass Anderssein nicht unbedingt einen Makel bedeuten muss.

Als dann Nemo ihn zu einem Cognac überreden kann, die Etikette heimlich die Ärmel aufkrempelt und beiden bewusst wird, dass man mit Distanz kein Pflänzchen aus der Krume locken kann, weiß schon nach kurzer Zeit jeder, was er vom anderen zu halten hat. Selbst wenn die anstehenden Fragen im Moment noch die Oberhand gewinnen, ist niemand willens, so zu tun, als würde er die Antworten hierauf bereits kennen.

Das, was es zu bereden gilt, ist das schändliche Geschehen von gestern, die ungeheuerliche Schmach, nicht den Zipfel der Erkenntnis vor Augen zu haben.

»Irgendwie«, so David, »macht es keinen Sinn, von Willkür oder Destruktion zu sprechen. Ein Kapitän, der sich über Nacht von Bord stiehlt, eine total dezimierte Crew, die um ihr Weiterleben fürchten muss, steht gewiss nicht in Zusammenhang mit einem Selbstmordattentat.«

»Das teuflische Vorgehen ist in der Tat zu individuell angelegt«, stimmt Nemo zu, »als dass man noch von einem pauschal initiierten Mord sprechen kann. Dieses Ding, das es zu entziffern gilt, hat mehrere Köpfe zu verteilen, gleichsam einer Hydra, bei der niemand genau weiß, wie viele diesem Ungeheuer noch anwachsen werden.«

»Und da dies die wahrscheinlichste Variante aller Mutmaßungen darstellt«, erwidert David, »inklusive der Frage, wo der Kapitän abgeblieben ist, dürfte dann auch jeder Überlebende, der ihn identifizieren könnte, sich in größter Gefahr befinden.«

Bietet Nemo an, er möge sich entsprechend dieser Tatsache für die nächste Zeit im Hause Uris einnisten. Außer dass ihn seine Kusine nerven würde, einige Bedienstete ihren Job ernster betrieben, als man in Erwartung stellt, wäre da niemand, den man fürchten müsste.

Allerdings sollte er nicht allzu lange warten, der morgige Tag könnte bereits im Licht der Ewigkeit aufgehen oder von unendlicher Blindheit gezeichnet sein.

Bittet Nemo, ihn bis zur Straße zu begleiten, deutet auf die Eskorte der Bodyguards und versichert, dass er sich hinreichend beschützt fühle, blinzelt durch den Gehalt seiner Worte und fügt einschränkend hinzu, zumindest nach außen hin, was sich drinnen abspielen würde, müsse er schon mit sich selbst ausmachen.

KAPITEL 9

»Du siehst nicht so aus, als könnte man dir noch einen Gefallen tun«, bemüht sich Luciana um Nemos Gesichtsausdruck. Stellt sich in die Sogluft ihrer Figürlichkeit, knüpft ihre Erregung bis zum Bauchnabel hin auf, befreit ihre beiden Laubfrösche aus der Enge ihrer Bluse, pustet sie zur vollen Größe auf und kommt auf die Chancen zurück, die er verspielen würde, sollte er sie gegen eine schlechtere Lösung eintauschen. Was auch immer in den letzten Stunden passiert ist, wer jetzt nicht verstanden hat, was ihm das Leben wert sei, der würde es auch nicht bis zum Abend hin begreifen.

Als dann ihre mondbleichen Schenkel den Schlitz ihres geblümten Wickelrockes erhellen, begreift Nemo, dass er ein Narr sein muss, würde er diesem kostbaren Geschenk blind gegenüberstehen.

Überdies lockt ihn das Versprechen, nichts unberücksichtigt zu lassen, ihre gänzliche Gewogenheit, sich ihm bedingungslos hinzugeben, und die Bereitschaft, zu verschenken, was die Natur an ihr so verschwenderisch angepflanzt hat. Gleich der unbegrenzten Süße eines üppig spießenden Gartens, der Vielzahl unentdeckter Kostbarkeiten und der Faszination, sich darin auszuleben, mit ebenso vielen Wünschen und noch mehr Begehrlichkeiten.

Inzwischen erliegt Nemo sichtlich beeindruckt ihrem kühn entbrannten Körper, sieht sich von der Gravitation ihrer Sinnlichkeit aufgesogen und verschickt, ohne nachhaltige Überlegungen, die verbliebenen Irritationen eiligst an die Adresse der Belanglosigkeit. Derweil Zeit und Raum um ihn zu versinken drohen und die ahnungslose Welt ringsum in den Orbit des Staunens versetzt wird.

Exzessiver verwertet, dem angereisten Gemüsehändler die wahre Röte ins Gesicht steigt, die spartanisch gewachsenen Gurken seinen Händen entgleiten, und mit Blick auf die Salatköpfe ihm der Verdacht kommt, um jegliche Frische betrogen zu sein. Also sammelt er sein Grünzeug wieder ein, wischt sich die ungeweinten Tränen aus den Augen und schleicht erkennbar beleidigt von dannen; wenngleich seine Enttäuschung sicherlich multipler Natur sein dürfte, nicht zuletzt im Benehmen, dass er nunmehr den Rest seines Weges ohne die obligatorische Stütze des Cognacs absingen muss.

Aber was ihm persönlich zur Flucht gereichen könnte, scheint den Liebenden zur Befreiung zu dienen. Kaum eine Nervenfaser, die nicht das Verlangen voraushat, die Sprengsätze ihrer Lust zu zünden; zuweilen mit der Präferenz gegenseitiger Durchdringung und der süchtigen Magie, sich gegenseitig zu enträtseln.

Gelegenheit, wie sich unschwer erkennen lässt, macht nicht nur Diebe, sondern auch betroffene Gesichter. Jedenfalls hat dieser Tag seine unnachahmlichen Verdienste; genügend Stoff, worüber man reden kann, und genügend Passion, ihn mit weiteren Ungelegenheiten zu verwöhnen.

Einstweilen allerdings ist es das entspannte Lächeln Lucianas, das Nemo aufblicken lässt, der feucht gewordene Duft ihres Körpers, den er mit seinen Lippen kostet und den Triumph einsammelt, den sie so bereitwillig an ihn zu verschenken trachtet. Indes ihre verhätschelten Brüste, immer noch schwingend, die Bereitschaft proben, von nun an ewiglich geküsst zu werden. Und es ist etliches mehr, das seine Aufmerksamkeit fordert, es ist der Wind, der an ihrer Haut Feuer fängt, sich ihrer inneren Lava bemächtigt und seine nimmermüde Reise Funken sprühend ins Gebet schließt.

Dann von irgendwoher die zwitschernde Glückseligkeit vorwitziger Spatzen, ihr gemeinsames Einvernehmen, sich über die ausgeworfenen Feuerspäne beider Seelen herzumachen, sie aufzuscharren und zu verspeisen, als gelte es, das Nirwana menschlicher Träume zu entziffern, vielleicht sogar mit dem Konsens, sie weiterhin flugtauglich zu erhalten.

Und obgleich alles darauf hindeutet, von der Welt umarmt zu sein, schlägt ihnen mit einem Male die pure Sonne ins Gesicht, ereilt sie die Scham, die desertierten Textilien unvermittelt wieder ins Boot zu ziehen, wenn auch mehr als provisorisch und keineswegs so festgelegt, als würden nicht noch gänzlich andere Überlegungen mitwirken. So deutet vielmehr alles darauf hin, dem gewinnsüchtigen Spiel der Lust ein zweites Recht einzuräumen, wobei ihnen schon die schattigere Idylle der Wohnung in den Sinn kommt, schlüpfriger beschrieben, der gewohnte Bereich zwischen Bett und Boden, Tisch und Bücherwand.

Als sie dann genügend Kenntnisse über die Zerbrechlichkeit des Mobiliars in Erfahrung gebracht haben, die Worte fehlen, das Geschehene zurechtzurücken, gibt sich Luciana dem inneren Appell hin, die hoffnungslose Verkettung ihrer Gefühle und Begehrlichkeiten an die Gewissheit von morgen weiterzureichen. Jedenfalls ist es eine Adresse, mit der sie denken kann, und sicherlich die bestmögliche, ihren Atem noch über die bevorstehende Ohnmacht zu bringen.

Im Grunde ist das auch der Moment, dem eigenen Willen wieder etwas mehr Bedeutung zukommen zu lassen. Kaum ein Ort dieser Welt, der geheimer beschriftet ist als das Du im anderen, und da weder Luciana noch Nemo den Anschein erwecken, ihrem Schicksal läge ein friedfertiges Buch vor, möchte niemand ausschließen, dass diese Geistesverwandtschaft auch die unheimlichste sein könnte.

Aber dies zu den Möglichkeiten, die erst noch beantwortet werden wollen, für den Moment wäre es unchristlich zu behaupten, sie hätten ihre Seelen außen vorgelassen und wären ausschließlich der Diktion ihrer Leidenschaft gefolgt. Die Frage, die sich auftun könnte, dürfte dieser Natur sein, inwieweit man von ehrlicher Zuneigung sprechen sollte, wenn ihnen noch ins Gedächtnis kommen muss, dass man nur in dem Maße von Liebe sprechen kann, wie jeder gewillt ist, etwas von sich preiszugeben. Es gibt Wahrheiten, die man nur gemeinsam in Erfahrung bringen kann, die ganz einfach der Gewissheit des anderen bedürfen, wollte man nicht mit leeren Händen dastehen oder gar als Verlierer gelten.

Insofern darf man gespannt sein, wie die beiden Seelenapostel sich einigen werden. Ihr Leben ist ohnehin äußerst artistisch zugeschnitten und wird ein paar Illusionen mehr zur Bedingung haben, als es der üblichen Norm entspricht. Und je egoistischer sie es zu handhaben gedenken, desto mehr werden es werden.

»Es soll Männer geben«, läutet der Kommissar den Tag danach ein, »die mit einer Katze ins Bett gehen und mit einem Tiger an ihrer Seite aufwachen.« Lacht sich durch die Abgründe seines Humors, sieht nicht den Engel, der ihn gestreichelt haben könnte, und konstatiert, selten so prägnante Kratzer gesehen zu haben. »Aber wie gesagt, wer hoffnungslos verliebt ist, der versteht auch die Zärtlichkeiten, die nicht so gemeint sind.«

Sucht tatbeflissen den Garten auf, schwingt sich in die Hollywoodschaukel, zaubert einige Dessous aus den Kissen und resümiert, dass Nemos Hang zu Unbequemlichkeiten zwischenzeitlich strapaziöse Formen angenommen habe. Wobei er sich nicht des Eindrucks erwehren möchte, dass es bei den selbst ernannten Abenteuern bleiben wird und dass die eigentlichen Gefahren weitaus differenzierterer Natur sein dürften.

Jedenfalls ist er einmal mehr um einen Cognac verlegen, nicht zuletzt er in der Sorge steht, Nemo könnte sich um Kopf und Kragen bringen, würde er sich weiteren Eskapaden zuwenden, falls sie dann überhaupt noch zu verhindern sind. Ihm sei es nun mal auferlegt, sich mit Problemen zu umgeben, auch wenn er sie erfinden müsste.

Verweist auf Nemos notorische Art, sich zu den unpassendsten Gelegenheiten beliebt machen zu wollen, erinnert an die überspannte Grabpredigt und den bemerkenswerten Umstand, Gott und die Welt miteinander versöhnen zu müssen. Nicht nur, dass der Allmächtige sich überflüssig vorkommen musste, selbst die Sterblichen rechts und links des Weges waren sich keinesfalls sicher, noch auf der richtigen Beerdigung zu sein.

»Aber was dir auch immer durch den Kopf ging«, so der Kommissar, »die Angehörigen werden leer ausgegangen sein und die Gemeinde wird nichts verstanden haben. Womit ich keineswegs behaupten möchte, du hättest nicht auf dich aufmerksam gemacht. Was dir an Zweideutigkeit über die Lippen ging, dürfte für so manchen eindeutig genug gewesen sein, dir künftig den Mund zu verbieten. Wer so tut, als wisse er mehr als alle anderen, hat wenig Gefolgsleute. Außerdem könntest du mit deiner Geschwätzigkeit die still gehüteten Leichen wieder erwecken, die so mancher schon auf ewig in seinem Keller verschollen glaubte. Anders beschrieben, der Clan, dem du zuweilen deine Gesellschaft anbietest, könnte für dich ein paar Schuhnummern zu groß sein.«

»Wie ich sehe«, hält Nemo fest, »wandelt sich deine Meinung von Ochs zu Esel, das Geschehene geht nicht auf das Konto der Al Keida, sondern auf das der Mafia.«

»Das Einzige, was sich als noch problematischer erweisen dürfte, wäre, es zwischen beiden Stühlen zu versuchen«, erwidert der Kommissar. »Vor allem solltest du beherzigen, dass Wissen ohne Macht ein tödlicher Irrtum sein könnte. Bevor du dir also weitere Dummheiten erlaubst, solltest du dich fragen, ob du nicht besser beraten wärst, den hiesigen Acker für eine Weile zu verlassen, es könnte genau der sein, den einige für deine Beerdigung vorgesehen haben. Wie du vielleicht verspürst, sitzt du wie ein Narr auf dem Zeiger der Zeit, es ist nur noch die Frage, wo und wann er dich abwirft. Etwas weniger Fantasie und ein bisschen mehr Verstand wären jedenfalls für den Augenblick die gescheitere Alternative. Der Idealist, wenn du ihn in dir wecken möchtest, hat schon immer gegen seine eigene Bestimmung gehandelt. Wäre das der Weg, wirst du am Ende vor lauter Eifer nicht mehr wissen, weshalb du ihn eingeschlagen hast und wohin er führen sollte.«

»Du zählst also zu den Leuten, die allmorgendlich die Todesanzeigen studieren und sich wundern, dass ich noch nicht zum schwarz umrandeten Lesestoff gehöre. Ziemlich ergreifend, wie ich meine, mon Dieux, vielleicht schon ein bisschen frivol. Aber wie gesagt, wer seinen Freunden nicht ein paar bewegende Momente zugesteht, wird keine besseren finden.«

Ermuntert ihn zu dem längst fälligen Cognac und erklärt, dass es Verrücktheiten gibt, an denen man nicht vorbeikann, die ganz einfach zum Leben gehören, wollte man nicht am Ende aller Tage seiner persönlichen Biografie hinterhertrauern. »Was die so genannten Normalisten bislang angerichtet haben, muss ich dir nicht erst vorhalten. Wenn wir also nicht wollen, dass die Lethargie uns einholt und die Passivität uns in den Rollstuhl zwängt, sollten wir uns die Laune zur Unbequemlichkeit erhalten. Ansonsten könnte es uns passieren, dass wir mit unserem Leben fertig sind, bevor wir es kennen gelernt haben.«

»Ich darf also festhalten«, so der Kommissar, »dass du immer noch davon ausgehst, die Welt mit ein paar Cents Talent kaufen zu können. Das ist nicht überheblich oder verrückt, es ist purer Selbstmord. Offensichtlich stehst du dir da selbst im Weg, mit deinem Starrsinn und deiner wirklichkeitsfremden Kurzsichtigkeit. Deine beiden Mitstreiter Anthony und Isabell haben derweil dafür gesorgt, dass du mit deinem unsäglich infantilen Gemüt allein dastehst. Sie haben kurzerhand das Weite gesucht, freiwillig oder gezwungenermaßen, du wirst es dir selbst ausmalen können. Insofern wird dir die Ehre zuteil, dich übernehmen zu müssen. Nicht nur, dass dir die Staatsanwaltschaft auf die Pelle rücken dürfte, es wird auch jene geben, die sie dir über die Ohren ziehen möchten. Und wie immer du dich drehen und wenden wirst, der Teufel könnte in dich verliebt sein und dein bemerkenswertes Konterfei stets vor Augen haben.«

»Nun, da du die Aussichtslosigkeit schon einmal angesprochen hast«, hält Nemo ihm entgegen, »wäre es müßig, meine Religion ändern zu wollen. Gott weiht nur wenige in das ein, was er mit ihnen vorgesehen hat, mit etwas Zuversicht jedoch könnte ich ihn womöglich gnädig stimmen.«

»Wenn er das mal gehört hat«, so der Kommissar, schwenkt seinen Cognac und fügt an, dass er nie der Meinung war, er hätte ihn zu bescheideneren Ansichten überreden können. Dass er aber mit so viel Blindheit geschlagen wäre, sei schon einigermaßen frappant. »Da bleibt also nur zu wünschen«, schnüffelt er sich durch das Aroma seines Getränks, »dass das Unausweichliche sich mit deinen Irritationen vermählt und sich in den Sackgassen verrennt, die du so hingebungsvoll pflasterst.«

Schüttelt sein angestrengtes Haupt, verweist auf den segensreichen Umstand, nicht persönlich betroffen zu sein, und erhofft sich im Sinne positiv gestimmter Zufälle, dass die Steine, die man ihm in den Weg werfen wird, versehentlich vor den Füßen anderer landen.

»Ich dachte, dein Job verbietet es dir, Hypothesen ins Kalkül zu ziehen«, erwidert Nemo, »aber wie ich sehe, mauserst du dich vom Kleinigkeitskrämer zum Experten, hast zwar immer noch die gleichen Flausen im Kopf, doch sie kümmern dich weit weniger als sonst. Wenn das mal nicht auf deine Beförderung zurückzuführen ist.«

»Du könntest Recht haben«, übernimmt der Kommissar, »bei dir jedoch hätte ich noch einmal eine Ausnahme gemacht.«

Bedankt sich für den vortrefflichen Rémy Martin und erhofft sich im Sinne weiteren gesunden Einvernehmens, dass er auch in anderen Dingen eine gesegnete Hand haben wird. Er würde es jedenfalls sehr bedauern, wenn er eines Tages auf ihn verzichten zu müsste.

»Nichts ist vergeblich, was man aus Zuneigung gewähren lässt«, entgegnet Nemo, »selbst wenn damit die Torheiten gemeint sind, die im rechten Moment gewählt, zum Erfolg des Lebens beitragen könnten.«

KAPITEL 10

Es ist nicht die Zeit zurückzuschauen, sammelt Nemo seine
Gedanken ein, nimmt die Stoppelfelder seines Bartes kritisch
ins Visier, sieht sich genötigt, die finsteren Schatten in seinem
Gesicht mit dem Lächeln von heute zu verscheuchen und ist
guter Dinge, den entflammten Morgen aufrecht in die Zeilen
seines Körpers zu bringen.

Singt den Vögeln hinterher, die sein Gehör aufdringlich in
Anspruch nehmen, desinfiziert die kleinen Schnittwunden, die
ihm die stumpfen Klingen geschlagen haben, und stellt in
Rechnung, dass ihm die Eitelkeit noch ins Gedächtnis kommen
muss, wollte er im Glanz der kommenden Tage nicht als Fratze
aufgehen.

Hängt sich in die Bügel des Kleiderschranks, beseelt seinen
Geschmack mit Nadelstreifen, bevorzugt einen Zweireiher mit
breiten Revers, pustet gegen den Muff der Vergangenheit an
und resümiert ebenso nachdenklich wie erschrocken, dass sein
Outfit offensichtlich die besseren Tage hinter sich gelassen hat.
Und da man sich in der Regel so anzieht, wie man aussieht,
stellt sich die Frage, inwieweit die Person, um die er bislang
bemüht war, überhaupt die Person ist, die er gelebt hat. Aber
wie das Urteil auch ausfallen mag, ein gescheiteres steht ihm
nicht zur Verfügung; wollte er Kritischeres hinzufügen, wohl
auch nicht in absehbarer Zeit. Besinnt sich, den Wildwuchs
seiner Haare mit Mandelöl zu disziplinieren, neutralisiert die
epochale Ausdünstung seines Anzugs mit Calvin Kleins Uni-
sexduft CK I und zeigt sich überzeugt, dem stickigen Etablis-
sement dieser Stadt somit zu einer faireren Betrachtungsweise
zu verhelfen. Ziemlich erstaunlich, wenn man bedenkt, dass er
bisher nicht als potenzielles Mitglied entdeckt werden wollte

und sich jeglicher Aufmerksamkeit erwehrte. Die einzige Beachtung, die er sich gönnte, waren die lichtscheuen Räume der Studios, das behaarte Gefühl, als schwebendes Wesen über den Dächern der Metropole mit enteigneten Seelen ins Gespräch zu kommen. Und da ihm bis dato nichts wichtiger war, als zu wissen, was für die Leute das Wichtigste ist, gab es außer dem Mikrofon nichts, was man ihm vorhalten konnte, nichts, womit er sich hätte erklären oder gar rechtfertigen müssen. Jene, die eitel genug schienen, sich schamlos zu outen, waren auch entsprechend blöd genug, jemanden zu bewundern, den sie nicht kannten.

Inzwischen jedoch sollte sich das geändert haben. Sein Face erblüht in jeder noch so unbedeutenden Gazette, kaum ein TV-Sender, der sich nicht für ihn interessiert, der nicht eine detaillierte Schilderung des Tathergangs seinen Zuschauern vermitteln möchte. Und da Nemo aufgrund seines extravaganten Schicksals nicht erst übertreiben muss, gelingt es ihm, die Menschen vor den Mattscheiben in Spannung zu versetzen. Wobei er seine persönlichen, höchst privaten Probleme noch nicht ins Rennen geschickt hat, gewiss würde dies dazu gereichen, einen Mehrteiler zur besten Sendezeit in Aussicht zu stellen. Andererseits dürfte er bereits so viele Informationen verteilt haben, dass sich die Geier auf den Ästen versammeln und den Moment herbeisehnen, seine Knochen blank zu nagen.

Insofern sollte es also sein Prinzip sein, genau zuzuhören und so wenig wie möglich zu verraten, oder wie der Kommissar es zu belegen trachtet, mit jeder verpassten Gelegenheit erhöht sich die Chance, länger zu leben. Auch wenn ihm bewusst ist, nicht gegen jede Versuchung gewappnet zu sein, seine Zuversicht lässt die Ängste zunehmend verkümmern und den Mut zur Wahrheit wachsen; was ihm dabei auch immer in die Glieder gefahren ist.

Sicherlich hilft es im Besonderen, dass das Multiunternehmen »Uris« seine Hand über ihn gelegt hat und hinsichtlich ihrer vielschichtig gearteten Kontakte so manchen übereifrigen De-

94

linquenten das Fürchten lehren könnte. Zumindest lassen die Bodyguards, die man ihm ins Gewissen redete, keine Zweifel aufkommen, dass sie ihr Leben äußerst humorlos geplant haben und nötigenfalls jedem den Respekt versagen, der sich mit ihnen anlegen möchte. Es ist gewiss nicht die eleganteste Art der Fortbewegung, sicherlich auch nicht die ersprießlichste. Aber wer mit den Stimmen des Requiems so nahe ins Benehmen gerückt ist, dass er die Engel des Herrn hat singen hören, weiß, dass dem Heil dieser Welt nicht unbedingt ein Schönheitswettbewerb vorliegen muss.

Dessen ungeachtet ist Nemo nicht der Dinosaurier, dem man die Zukunft ausreden müsste. Auch zählt er nicht zu denen, die sich in die Vergangenheit stehlen und nie mehr zurückkommen. Er ist wie das Wetter, wechselhaft und unberechenbar, reist auf Wolken und bewohnt Luftschlösser, und er ist sein bester Ratgeber, fest im Glauben, stets mit den passenden Schlüsseln unterwegs zu sein.

So auch der heutige Tag: Neben einem Treffen mit dem Familienclan Uris ist er Gast einer Talkshow, beehrt den hiesigen Bischof nebst geladenen Vertretern der Gemeinde und Regierung, sieht den Glorienschein wachsen, der ihn erwärmen möge, und ist zuversichtlich, den Laufsteg, den man für ihn freigegeben hat, auf absehbare Zeit zum Nabel dieser Welt zu machen. Wenn auch ein bisschen egomanisch gedacht und durch die vielen Blitzlichter weniger sehend als geblendet, glaubt er zweifellos an die Möglichkeit, dem Bildnis seiner abgegriffenen Bescheidenheit ein besseres Image andichten zu können.

Knabbert sich durch die angetrockneten Kekse, die man allseits bereitstellt, sublimiert jene Bröselei mit dem huldvollen Gehalt der anwesenden Gäste und stellt insgeheim in Aussicht, dass sich ihre Worte als ergiebiger erweisen mögen, als die Teigwaren der Backstuben.

Freilich hat Nemo einiges von dem, was man als Sarkasmus bezeichnen würde, glücklicherweise aber kommen die meisten bestens damit zurecht.

Sprechen die einen über die unseligen Anschläge der Al Keida, redet er von Mücken, die ihren endgültigen Tod irgendwann unter der Klatsche zu beklagen haben. Verwertet die Frage, an wem die Betroffenen hiernach ihre Aggressionen proben werden und schürt den Gedanken, dass es dann wohl die friedlichen Fische sein dürften, auf die wir einschlagen, schließlich sei nichts peinlicher und nichts prekärer, als machtlos dazustehen.

»Gegen die menschliche Blindheit ist kein Kraut gewachsen«, verbreitet einer der Anwesenden seine Ansichten, »nichts verbindet mehr als gemeinsame Abneigungen. Ganz gleich, wer oder was damit gemeint ist, wir werden nicht Ruhe geben, bevor wir wissen, wer gegen uns ist. Selbst wenn wir den Himmel dabei anrufen müssten, es ließe sich immer etwas finden, das nicht gottgewollt ist, etwas, das sich wider die geweihte Schrift versündigt und genügend Gründe impliziert, dem religiösen Erbe ein paar Schwerter zur Seite zu stellen.«

»Das, was die derzeitigen Terroristen als heiligen Krieg werten«, erwidert Nemo, »haben die selbsternannten Soldaten Christi bei ihren Kreuzzügen längst unter Beweis gestellt. Das Kapitel Blasphemie dürfte also immer noch nicht als abgeschlossen gelten. Dabei scheint es unwesentlich zu sein, wer es in seine scheinheilige Schrift aufgenommen hat. Der Mythos des Gelobten Landes hat seine unbarmherzige Frucht durch die Jahrhunderte getragen. Und was die Bibel einstmals mit Milch und Honig segnete, dürfte heute dazu gereichen, es mit Öl und Korruption zu überziehen.«

»Der Herr handelte also in weiser Voraussicht, als er sich dazu entschied, nur eine einzige Erde um die Sonne kreisen zu lassen«, empfiehlt sich ein aufmerksamer Senator, »hoffen wir nur, dass dieser Planet nicht schon ein Zugeständnis war.«

»Jedenfalls vermag niemand zu sagen«, stimmt der Bürgermeister zu, »inwieweit sich die vielen Dummheiten auf Dauer noch kontrollieren lassen. Würde man sie alle zusammenfassen, könnte man gewiss den Vergleich mit einem Monster wagen. Vielleicht ist das der Staat im Staate unseres Denkens, das machtlose Gefühl, nichts, aber auch gar nichts dagegen tun zu können.«

»Weitestgehend betrachtet ist es der Kampf zwischen den Genen und unserem Gehirn«, schließt Nemo auf, »zwischen den Herrschern unserer archaisch bestimmten Erbinformation und einem höher entwickelten Intellekt, den neu erworbenen Verhaltensregeln, Kulturen und Wertvorstellungen. Wie diese Auseinandersetzung vonstatten geht, wird sich noch erweisen müssen, dabei ist es keineswegs so, dass dem Träger unseres Erbguts eine Absicht unterstellt werden könnte, zumindest kann man nicht davon ausgehen, dass den Genen ein Plan vorlag. Sie sind das, was sie sind, ein Gebilde von Molekülen und Atomen, mit dem pränatalen Ziel, sich selbst zu vermehren. Entsprechend störend müssen die komplizierten Systeme, die aus ihnen hervorgehen, auf sie wirken, wenn nicht gar destruktiv erscheinen.«

»Das bedeutet natürlich auch«, so der Senator, »dass wir uns nicht sicher sein können, wer das Spiel gewinnt. Außerdem müsste das herrschende Prinzip der Gene ihre ursprünglich gedachten Direktiven ändern, im blinden Vertrauen, dem neu geschaffenen Bewusstsein ein adäquater Partner zu sein.«

»Derart diffus ist dann auch das Verständnis zu uns selbst«, entgegnet Nemo, »wir wissen zwar, dass wir existieren, haben aber nur eine vage Ahnung von dem, was wir sind und was unsere Bestimmung sein wird.«

»Vielleicht sind das sogar die Gründe dafür«, sieht sich der Bischof christlich geweckt, »dass wir von derart vielen Ängsten geplagt sind und immer ein bisschen so dastehen, als hätten wir eine Festung zu verteidigen, argwöhnisch und misstrauisch. Und dennoch möchten wir uns ja nicht den Glauben an die Allmacht des Herrn versagen und die Möglichkeit, dass Gott genau wusste, was er tat, als er der so genannten Ursuppe des Planeten die Botschaft der Menschwerdung beimischte.«

»Ein hoffnungsvoller Gedanke«, ermittelt der Senator, »ob er sich allerdings bisweilen bewahrheitet hat, steht doch einigermaßen in den Sternen. Das Neue, das in die Welt kam, war zu mehr fähig, als nur Befehle entgegenzunehmen. Es begann damit, sich Fragen zu stellen, machte das Individuum, zu dem die Erbsubstanzen gehören, anpassungsfähiger und erfolgreicher, aber auch rücksichtsloser im Kampf des Überlebens.«

»Nun muss man sehen«, überlegt Nemo, »dass der individuelle Tod den ursprünglich gearteten Genen entgegenkommen muss, wollte es die Entwicklung zu höheren Lebensformen garantiert sein. Es gehört also zu ihrer Strategie, den Erbaustausch maximal zu gewährleisten, wenn nicht gar zu beschleunigen. Dass dies nicht unbedingt der Alltag unserer Gelüste sein kann, beweist sich bereits darin, dass wir die Sexualität kultiviert wissen wollen und dem Bedürfnis entwachsen sind, sie ausschließlich als Instrumentarium der Fortpflanzung anzusehen. Die Auseinandersetzung Mensch und Evolution dürfte also aufs Höchste angespannt bleiben. Derweil nicht abzusehen ist, inwieweit das Potenzial Sperma überhaupt noch den Ansprüchen gewachsen ist. Und wenn man ein weiteres Gespenst wecken sollte, wird sich die Genforschung schon hier zur Eile gemahnt sehen.«

»Jede Entwicklung ist auf irgendeine Art und Weise eng mit der Zukunft verknüpft«, impliziert der Senator, »setzt man voraus, dass die archaisch denkenden Gene nicht fähig sind, hinzuzulernen, wird man sie sukzessive verändern müssen, nötigenfalls mit dem Ziel, sie gänzlich neu zu strukturieren.«

»Dennoch können wir nicht ausschließen, dass wir uns damit überfordern, oder gar ein Holzpferd ins Rennen schicken«, fühlt sich ein Beigeordneter angesprochen, »Die Wissenschaft hat so manches Feuer gezündet, das heute noch darauf wartet, gelöscht zu werden. Die Frage wird also lauten müssen, wie verheerend könnte das Experiment ausgehen, das wir nunmehr an uns selbst erproben. Das Misstrauen ist somit bestens ausgesät. Tun wir nichts, haben wir möglicherweise die beste Gelegenheit verpasst. Gehen wir mit den Dingen zu schnell ins Gericht, könnte es passieren, dass sich der Teufel gegen uns verwendet. Andererseits dürfte es wenig Sinn ergeben, den morgigen Tag für etwas verantwortlich zu machen, das man heute hätte in die Hand nehmen können.

Dieser Planet hat den Menschen offenbar als Experiment vorgesehen und was seine Scholle nicht ungefragt hergibt, hat er zur individuellen Unterwanderung freigegeben, letztendlich für jegliche Art von Terrorismus und Gewalt. Und wer nicht bereit ist, mindestens ein Verbrechen zuzulassen, sollte den Hass der Bloßgestellten zu spüren bekommen und mit der Feindschaft dieser Welt leben.«

»Freilich sind das die düstersten Prognosen«, faltet der Bischof seine Hände, »die Zukunft war immer schon ein angsterfülltes Unternehmen, sie braucht Jahre, um sich verständlich zu machen, und wir brauchen noch mehr Zeit, um sie zu begreifen. Was sie aber nicht sein wird«, zieht er die Runde ins Gebet, »ist ein Spieltisch, auf dem sich das Gewissen verabschiedet. Dieses Universum hat den Menschen nicht beliebig geplant, es hat unsere Sinne genährt und unseren Geist voraus.«

Gewiss eine Menge verdienstvoller Worte, resümiert Nemo, derweil die interessantesten wohl jene waren, ihn für die Position eines Kulturbeauftragten vorzuschlagen. Wobei ihm nicht so recht ins Gedächtnis will, was sie ihm im Grunde damit unterstellen möchten. Es sei denn, sie werteten seine nicht vorhandene Erfahrung als natürliche Begabung. Jedenfalls hatte er den Eindruck, der Senator hätte eine besondere Neigung für Personen mit traurigen aber ehrlichen Augen, vielleicht auch für Marionetten, die ihre Gelenke bis zum Spagat ausdehnen können. Wie sagte noch der Bischof, niemand qualifiziert sich besser als jemand, der erst einmal das gesamte Alphabet durchgehen muss, bevor er A sagt. Wollte er dem Bürgermeister Glauben schenken, käme sowieso nur er infrage, hätte er doch die Bewunderung der Bürger auf seiner Seite. Er, der sich über den Sender bei ihnen verdient machte, sich ihrer Schwächen und Probleme annahm und ihnen den Mut zukommen ließ, mit ihren

Konflikten nicht alleine dazustehen. Überdies hätte er gezeigt, dass er bereit war, sein Leben für andere einzusetzen.

Nun könnte man meinen, diese Position wäre bereits an ihn vergeben und es läge nur noch an ihm, sich daran zu gewöhnen, natürlich nebst der Problematik, dass er von Amtsgeschäften so wenig Ahnung hat wie ein Blinder, der seinen Lebensunterhalt als Filmkritiker verdienen soll. Anderseits reizt ihn bereits der imposante Titel, und wer weiß, so mancher, der in den Irrtum befohlen wurde, kam am Ende bestens damit zurecht.

Aber wie immer er sich entscheiden wird, inzwischen hat der Tag ebenso viele Stunden angesammelt wie der Magen Kekse. Insofern möchte er die Prognosen erst einmal hinten anstellen, gewiss wären sie zu mager gewählt und höchstwahrscheinlich auch zu unterversorgt.

Besinnt sich dann allerdings des abendlichen Dinners im Hause Uris und ist zuversichtlich, dem Elysium heutiger Geschenke einen reichlich gedeckten Tisch nachliefern zu können.

Als dann die Bedienung in kessem Minirock und steif gebügelter Schürze dem geliebten Hund des Hauses eine fürstliche Silberschüssel unterschiebt, der ein saftiges Steak entbrennt, sieht sich Nemo, bei gleichzeitiger Witterungsaufnahme und geröteten Augen, in seiner Vorsehung bestätigt, den hungrig erkämpften Tag mit einem feudalen Mahl krönen zu dürfen. Überdies lassen die ausgezählten Salatblätter, die dem Gedeck vorab beiliegen, den Rückschluss zu, dass jener spartanisch gehaltenen Ouvertüre nur ein deftiges Gericht folgen kann.

Aber was dem Terrier zur Verwöhnung wird, scheint den Gastgebern in der Tat als Schonkost zu gereichen. Spätestens als die Hausherrin ihren Diätplan erläutert, weiß Nemo, dass er sich getäuscht hat, und dass dieser Abend für ihn leer ausgehen dürfte. Es sei denn, er hielte sich an das bevorzugte Hinterteil der Bedienung, oder an die glitzernde, mit Brillanten geschmückte Halskette des Hundes. Irgend so etwas wird er anstellen müssen, wollte er nicht der Illusion verfallen, das Elend dieser Zeit hätte nun auch die Begüterten infiziert und zur persönlichen Askese verpflichtet.

Gewiss ist diese Formulierung wenig relevant, aber es ist schon einigermaßen peinlich, wenn jemand sein Idealgewicht derart aufdringlich zum Moralmaßstab erhebt, dass mehrere Menschen gleichzeitig darunter leiden müssen. Und also hält sich Nemo strikt an die Gelüste, die der Abend über die Tafel hinweg zu verteilen trachtet. Segnet seine Blicke mit der Ehrlichkeit üppig sprießender Dekolletees, sieht die Früchte nachgereicht, die das Dinner hätten abrunden können und stellt in Aussicht, den ungestillten Heißhunger mit anderen Mitteln abhelfen zu können.

Aber da es keine Naivität gibt, ohne anderweitig gefordert zu sein, fühlen sich die Detaillisten sehr bald dazu aufgefordert, er möge ihnen einen näheren Einblick in die Geschehnisse an Bord des Schiffes vermitteln. Sicherlich versteht Nemo es, sein Publikum ohne sonderliche Hinwendung und Übertreibung zu fesseln. Was ihm bislang jedoch verwehrt blieb, ist die Tatsache, dass man sich derart ergriffen zeigt, dass einige Probleme damit haben, ihre Tränen zu kontrollieren. Derweil ein taufrischer Schmetterling derart entrückt seine Nähe aufsucht und dem tröstenden Begehren nachkommt, ihn in seine seidenen Flügel zu wickeln.

Ohne sich nun selbst betroffen zu zeigen, knüpft Nemo über dem geschlossenen Kragen seines Konfirmationshemdes ein unschuldiges, scheinbar belangloses Lächeln auf und genießt, ohne sonderlich bewegt zu sein, die zarte Anteilnahme, die ihm dieses beflügelte Wesen entgegenbringt.

»Nun muss man ja nicht gleich ins Heulen kommen, wenn einem zum Schwärmen zu Mute ist«, bemüht David Uris seinen Verstand, reicht seiner theatralisch bewegten Mama eine Serviette, verweist auf die geringe Farbresistenz ihrer Wimperntusche und kommt, zumindest für den Augenblick, dem Ansinnen eines hysterischen Anfalls zuvor. Verschwendet den Gedanken, dass man in aller Stille vor Anker gehen sollte und dies nicht der Moment sei, Jammer zu klagen, den Tod würden wir uns damit nicht begreiflicher machen und dem Wagnis, sich neu zu konsolidieren, nur ein weiteres Gespenst zur Seite stellen.

»Was nicht bedeutet, dass wir das Geschehene aussperren sollten«, so die Antwort, »für den endgültigen Abschied gibt es keine Entfernung, es wird immer etwas in uns geben, das sich erinnert, das Leid von heute tilgt nicht die Sorge von morgen.«

Nemo, der selten gescheitere Worte gehört hat, sieht sich spontan dazu aufgerufen, seine triebhafte Neugier augenblicklich auf das Gebaren des Schweigens zu beschränken. Assoziativ vermerkt, er folgt dem inneren Aufruf, der fehlenden Etikette mit dem Gehalt süffiger Rebsorten ein genehmeres Ambiente zu verleihen. Studiert achtsam die Anbaugebiete, vergleicht die Jahrgänge miteinander und verfällt peu à peu dem Schwindel erregenden Dirigat seiner Augen. Indes sich seine Sinne der Erinnerung verschwören, dass ihm ein Steak sicherlich weitergeholfen hätte. Aber was nicht angesagt war, wird auch nicht mehr in Rede gestellt werden.

Bemerkenswerterweise sollte Nemo jedoch nicht der Einzige sein, der sich zu einer Reise durch die blumige Welt des Weins entschlossen hat. Ebenso deliziös wie gebieterisch gesellt sich die engelszarte Nichte des Clans hinzu. Bemüht nebst gefüllten Gläsern den sinnlichen wie auch körperlichen Kontakt und resümiert ebenso trotzig wie aufmerksam, die Gäste mögen sich angesichts des vernachlässigten Dinners den Mut zusprechen, es gäbe in diesem Palast genügend Flaschen, die darauf warten würden, entstaubt zu werden.

KAPITEL 11

Es ist die Zeit zwischen Traum und Tag, der Augenblick, da die Welt ihre ureigensten Melodien spielt und die nicht geweckten Narren den Tanz verspüren, den der angehende Morgen für sie bereitgestellt hat.

Einstweilen sind es dann auch die stilleren Töne, die sich der Partitur der Seele verschworen haben, jene geheimnisvolle Blüte, die zu spät in den Frühling startet und das Sterben dem Leben voraushat.

Aber welches Gesicht die nächsten Stunden auch bewahren möchten, für Nemo spiegelt es sich in der pränatalen Wirklichkeit vergangener Jahrtausende, kauernd hinter einem moosigen Stein und der Verwunderung, sich in einem Wassertropfen gefangen zu sehen. Hüpft auf ein Rosenblatt, das vom Duft des Seins geweckt scheint, und sieht den Weg vorgezeichnet, der den Tag an den Atem der Wiederkehr weiterzureichen gedenkt.

Sicherlich dämmert ihm unmerklich die blauseidene Kuppel seines barocken Gemachs, jene wundersame Darreichung schlafen gelegter Sinne, die dem Tod näher sind als dem Nichts.

Indessen die Geister, die dem Palais seit Urgedenken beiwohnen, sich ihrer übernächtigten Existenz erinnern und der weihevoll gebetteten Champagnerleiche im Defilee die letzte Ehre zukommen lassen. Irgendwie scheint er zu ihnen zu gehören, zumindest möchte man diese Möglichkeit nicht ausschließen. Eigentlich haben sie alle einmal so angefangen, man sang ein schaurig schönes Lied, brummte mit den Bässen des Donners und erkannte sehr bald, dass Schlimmeres bevor stünde, wollte man an diesem Ort länger verweilen.

Als dann Nemo in der Gischt innerer Finsternis abzustürzen droht, die nebulösen Gespenster des Schlosses den Beginn seiner Unsichtbarkeit feiern, ereilt ihn die frische Brise eines kühl gehauchten Kusses, vielleicht auch der verführerische Atem einer eislichtigen Quellnymphe, himmlisch und transzendent, äußerst bizarr und nicht minder verlockend. Streichelt den marmorgefestigten Körper, den er unter einem Schleier zu entdecken weiß, ertastet die üppige Bereitschaft steil gestellter Brüste, gleitet über deren sprießende Knospen und wiegt sich in dem Bewusstsein, anmutig geweckt und viel versprechend bedacht zu sein.

Dies ist die andere Seite der Episode Traum, geben sich die Nachtgespenster ihrem Lamento hin, eine übermächtige Lichtgestalt, die seit Generationen in diesen Gemäuern erblüht, sich bedingungslos in Szene setzt, ihre Gesichter auslöscht und zum alleinigen Herrscher avanciert.

Und obgleich Nemo weiß, dass es keine Illusion gibt, die derart leidenschaftlich unter die Haut geht, gibt er der Realität erst wieder eine Chance, als ihrer beider Körper in maßloser Begierde miteinander verschmelzen und dem Siedepunkt zusteuern, den überforderten Inseln glückseliger Hilflosigkeit ihren erschöpftesten Zustand zu präsentieren. Kaum ein Verlangen, das nicht der Forderung entspricht, sich selbst auszuhöhlen, das darin ausgerichtet ist zu verschenken, wozu man bereit ist, es zu stehlen; etwas zu veräußern, das man im höchsten Maße in seinen Besitz bringen möchte.

Eigentlich die süchtigste Formel innerer Widersprüchlichkeit; man sperrt sich und gehorcht, verteilt den Hunger und kostet den letzten Tropfen bittersüßer Auflehnung und man ist geneigt, mit exzessivsten Posen und Stellungen den Rausch der Wollust voranzutreiben, sich gefügig und ergeben hinzustrecken, zu unterwerfen und zu erdulden.

Nun war Nemo ja ursprünglich in einem anderen Film, sah sich umstellt von Trugbildern und Halluzinationen, einer Wirklichkeit, die mäßig ausgeleuchtet war und jedem Geisterkabinett alle Ehre machen würde. Nun aber diese himmlische Metamorphose, der Sprung aus dem Nichts ins pure Sein. Und es ist gewiss nicht so, als würde er diese Wandlung nicht auch für die nächsten Stunden ins Gebet schließen wollen. Das, was seinen Körper zuweilen morgenfrisch beatmet, könnte zu einer anhaltenden Krise werden, sollte der göttlich verschickte Engel ausschließlich seiner Direktive gefolgt sein, Trost zu spenden.

Jedenfalls möchte er diesen Gedanken nicht ausschließen, zumal auch er gelernt hat, dass die spontanen Glückseligkeiten ihren Verdienst darin haben, sie nicht mit unnützen Fragen zu belasten.

Doch wie er seine Gefühle auch beschreiben möchte, momentan liegen sie nackt und prall in den Federn einer zart geblümten Bettdecke; hinreißend schön, fast schon ein bisschen überirdisch, wenn nicht gar jungfräulich und schamhaft, so als wäre alles und nichts passiert, alles, um sich erneut zuzuwenden, und nichts, was sie davon abhält, außer die leidliche Tatsache, dass die Haushälterin das Frühstück ansagt und von der Neugier geplagt scheint, es mit ihrer Anwesenheit zu unterstreichen. Wobei nicht zu übersehen ist, dass sie wohl bemerkt, worüber sie hinwegzublicken trachtet, und dass ihren angespannten Ohren die Röte widerfährt, die sie offensichtlich dem Gehörten längst zu verdanken hat.

Erstaunlicherweise aber zeigt sich der Schmetterling wenig beeindruckt, stellt sich in den Sog ihrer nackten Figürlichkeit, bittet sie, die Betttücher auszuwechseln, lässt sich in den Bademantel helfen und weist darauf hin, dass diesem Hause genügend Fetischisten beiwohnen, deren Ehrgeiz es sei, den Tag mit der heiligen Entdeckung verschenkten Spermas einzusegnen.

Lächelt sich durch die Ungnade ihrer Worte und resümiert unter Verdacht ihrer feuchten Schenkel, den Teppich ebenso pfleglich ins Auge fassen zu müssen.

Nun ist Nemo weiß Gott nicht der Mensch, der den Takt auf einem Wattebausch schlägt, momentan jedoch sieht er sich bei weitem übertroffen, wenn nicht gar überstimmt oder auch entmündigt.

Entsprechend pikant präsentiert sich dann auch das Frühstück. Was den Salaten an Durchstehvermögen fehlt, vermag Enkeltochter Xenia mit ihrem erfrischenden Anblick zu neutralisieren, wobei sie nichts unversucht lässt, den verschlafenen Kreis der Familie zu einem Glas Champagner zu stimulieren.

»Wie ich sehe, haben Sie die Nacht gut überstanden«, wendet sich David ebenso belanglos wie ahnungsvoll an Nemo. Wundert sich über seinen hastig verknoteten Binder und fügt an, dass er möglicherweise auch das Prädikat »Feuerprobe« hätte wählen können. Blättert die Zeitung auf, verweist auf die Bekanntgabe Nemos zum Kulturbeauftragten und schickt verschmitzt hinterher, dass Talent und Erfolg eine Mixtur unterschiedlichster Hinrichtungen seien; jene, die vorausgegangen sind, und solche, die sich noch ergeben werden.

»Wie soll man es anders sehen«, bemüht sich das Weißhaupt des Clans um eine gescheite Übersetzung, »das Leben ist nur durch den Aufstieg erträglich, allenfalls noch durch den Niedergang anderer.«

Umreißt die Größe des Imperiums, schildert seine Vorliebe, mit den Bedürfnissen der Leute zu denken, und überrascht die Anwesenden mit der Idee, Nemo in dieses Unternehmen einzubinden. Seiner Meinung nach habe er seine Verdienste bereits zur Genüge unter Beweis gestellt und es wäre nur gerecht, wenn er die Lücke seines verstorbenen Sohnes Leonardo schließen würde. Sein Engagement stünde außer Frage und der Mut, sich zu behaupten, sei hinlänglich bekannt. Außerdem könne er sich sowohl finanziell als auch beruflich unabhängig machen, wobei er seinen derzeitigen Job nicht vernachlässigen müsse. Die Kultur sei ein probates Mittel, Kamelen Sand in die Augen zu streuen, entsprechend der Devise, was die eine Hand nicht vermittelt, könnte die andere besorgen.

»Wie sich vermuten lässt, in jeglicher Hinsicht«, übernimmt Xenia, »und dennoch dürfte die Frage lauten, warum sollte sich Samuel so hart strafen?«

Gibt ihrem makellosen Körper die Beschaulichkeit einer römischen Statue und notiert mit kühlem Augenaufschlag, dass es eine Unsitte sei, Reichtum und Luxus mit Respekt und Ansehen zu verwechseln.

»Das ist deine Mutter, die aus dir spricht«, erwidert das Weißhaupt, »die Wahrheit sieht allerdings anders aus: Gott lenkt durch die Mächtigen, träumt mit den Idealisten und vernachlässigt die Mutlosen – der Rest ist Schweigen.«

»Es wäre schon einigermaßen verwunderlich, du hättest irgendwann das Wort Zufriedenheit in Erwägung gezogen«, hält Xenia dagegen, »für dich war einmal eins schon immer zwei, ganz gleich, wie die Welt darüber dachte und wie sehr du dich selbst dabei betrügen solltest. Das Leben hat einfach keine Probleme anzumelden, vielleicht noch die Frage, wie befreie ich mich von den Unwichtigkeiten, ansonsten ist es bereits die Lösung. Inklusive der makabren Tatsache, dass alle paar Tage eine Blutwäsche angesagt ist, ein künstlicher Darmausgang vorliegt, das Herz mit neuen Bypässen versorgt werden müsste und die an sich überlastete Formulierung Mensch längst zur Farce geworden ist.«

»Kein Ärgernis ist so leicht zu haben, wie jemandem die Wahrheit ins Gesicht zu sagen«, ermittelt David. »Erstaunlich ist nur, dass das Gewissen bei anderen stets besser funktioniert als bei einem selbst.«

Nimmt Xenia ernsten Blickes ins Visier und deutet an, dass der Schauerlichkeit wahrhaftigstes Antlitz auch ihr noch blühen wird. Spätestens, wenn der gepriesene Engel der Familie, allen Bedenken zum Trotz, in eine mit Seewasser gefüllte Glasglocke steigt, um dort mit gefräßigen Haifischen ein tödliches Spiel zu treiben.

»Wie Sie sehen«, wendet er sich an Nemo, »das Kabinett des Grauens hat bekannte Gesichter und manchmal genau die, die man zuallerletzt dort vermutet.«

»Um der persönlichen Identität gerecht zu werden, muss man so manches Risiko in Kauf nehmen«, erklärt Nemo, »schließlich möchte doch jeder wissen, wer er ist und wo er hingehört. Man selbst sein, das ist der staubigste Schauplatz unseres Daseins und gleichsam der unberechenbarste, wenn nicht gar der heimtückischste. Nicht zuletzt die Vorherrschaft unserer Gene die Koffer für diese Reise packt und wir erstaunt zur Kenntnis nehmen müssen, dass die Klamotten, die wir zu tragen haben, weder unserem Ambiente entsprechen noch uns gescheit aussehen lassen. Insofern werden wir immer mit ein paar Torheiten mehr unterwegs sein, als wir sie uns leisten können.«

»Etwas Ähnliches wird es bestimmt sein«, unterbricht ihn das Weißhaupt,»den allgemeinen Frieden werden wir nie gänzlich mit uns schließen können, vielleicht aber mit den Waffen, die wir in unseren Händen halten.«

Zeigt sich befriedigt über den Gehalt seiner Worte und beschließt zur Überraschung aller, dass er sich von nun an aus dem Geschäft zurückziehen werde. Nimmt seine Frau in den Arm, küsst sie auf die Stirn und meint, dass sie beide ein Alter erreicht hätten, da die Vergangenheit Flügel bekäme und es unverzeihlich wäre, sie weiterhin an den Schreibtisch zu fesseln. Habe man erst einmal erkannt, dass die Erinnerungen irgendwann den größeren Teil des Lebens ausmachen, sei der Augenblick angesagt, sich dort blicken zu lassen. Außerdem fiele es ihm immer schwerer, sich auf die Umstände der Zeit einzustellen.

Das Übel sei also allgemein vertreten, und was nicht auszuschließen wäre, auch die potenziellen Gefahren, die damit verbunden seien. Insofern hätten seine Frau und er sich dazu bekannt, David an die Spitze des Unternehmens zu berufen, er besäße alle Voraussetzungen, dieser Aufgabe gerecht zu werden, verfüge über den notwendigen Weitblick und das Talent, neue Impulse zu setzen. Überreicht ihm eine Kladde mit diversen Bestimmungen und Urkunden, bittet ihn, sie sorgfältig zu studieren, und resümiert, dass ihn das Repertoire des Vermögens zuweilen selbst erstaunte, natürlich inklusive der Musik, die darin stecken würde, nicht zuletzt die verhinderten Werke, die darauf warteten, zur Uraufführung gebracht zu werden.

Derweil nun der neu gepriesene Pate den größten Teil seiner Sprachlosigkeit in ein Taschentuch schnäuzt, ihm die Worte fehlen, sich gebührend zu bedanken, ist es Xenia, die diese Entscheidung als Kraftakt bezeichnet, der längst überfällig sei und sich inzwischen ein bisschen halbherzig präsentiere.

Aber da die Verlegenheiten schon einmal Formen angenommen haben, achtet jeder nur auf das, was er hören will, und nicht auf das, wie es gesagt ist. Und als hätte das Weißhaupt den Tag zu seinem höchstpersönlichen Anliegen gemacht, verschreibt er sich der Inspiration, Nemo einen gebührenden Platz in der Familie zuzusichern. Für ihn sei die Verwandtschaft in jeglicher Hinsicht erkennbar und, wenn ihn sein Gefühl nicht täuscht, mit den Voraussetzungen, sich unentbehrlich zu machen.

Nemo, der im Allgemeinen eine braune Gesichtsfarbe spazieren führt, sieht sich urplötzlich in eine frisch getropfte Altarkerze gestellt, wobei er es vermeidet, an die Glocken zu denken, die diesen Gedanken christlich unterstreichen könnten.

»Du musst wissen«, sucht Xenia seine Unsicherheit auf, »noch laufen in diesem Hause die Uhren mit dem Datum von gestern, der Peinlichkeit von morgen und der fatalen Zeugenschaft, dass Intimitäten die Ehe zum Ziel voraushaben. All dies natürlich unter dem Aspekt, dass man nur gelten lassen kann, wozu man bereit ist, es auch zu verantworten. Nun weißt du, was dir der Orgasmus eingebracht hat, ein paar Millimeter mehr Profil, ein schlechtes Gewissen oder einen lebenslangen Abschied vom Single-Dasein. Wie immer du dich entscheiden wirst, du hast deine Freiheit verspielt, und wenn ich mich recht besinne, ohne persönliches Verschulden.«

»Das war doch sehr deutlich«, findet David seine Sprache wieder, »wenn jemandem das Land fehlt, nach dem er Ausschau hält, sind es die Möwen, die ihm hinterherlachen. Die Zeiten, da Xenia den Strandsand aufwühlte, um ihn nach Muscheln abzusuchen, sind offensichtlich eindrucksvolleren Tatsachen gewichen.«

»Was immer du damit sagen möchtest«, erwidert sie, »der eine bevorzugt die Muscheln und der andere die Perlen.«

Blickt in die prickelnde Welt des Champagners, stellt unter Verdacht, dass dies allerdings gestern war und inzwischen der Tag gekommen sei, nicht erst danach suchen zu müssen. Mischt dem Klang der Gläser die Hoffnung bei, man möge sich ihrer Zerbrechlichkeit besinnen und sie mit der Ahnung beseelen, heute zu genießen, wozu man später möglicherweise keine Zeit mehr habe. Zwischen gleich und irgendwann sei nie sehr viel Platz und manchmal sogar nur ein kurzer Moment.

»Gewiss wirst du uns die Gebrauchsanweisung dazu nachliefern«, amüsiert sich David, »und wirst erklären wollen, dass die Liebe die Eile voraushabe, die dem Glück am Ende fehlen könnte. Derweil dir speziell meine Nachlässigkeit Frauen gegenüber einfällt und du erklären möchtest, dass man sich vor Männern in Acht nehmen sollte, die beleidigt wegucken, wenn ihnen ein hübscher Hintern über den Weg läuft.«

»Da zu erwarten ist«, ermittelt Xenia, »dass du zwar den richtigen Zug meinst, aber das verkehrte Gleis bevorzugst, wirst du damit vorlieb nehmen müssen, dem Leben hinterherzuwinken. Jedenfalls solltest du bedenken, dass du im Alter nur bewahren kannst, was du früh genug gelernt hast.«

Entschließt sich, ihre Sonntagspredigt an den lieben Gott weiterzureichen, und gibt zu denken, dass er den Rest möglicherweise selbst formulieren möchte. Sie persönlich hätte sich der Fairness halber dazu entschlossen, heute ihren letzten Auftritt zu bestreiten. Prostet in die Runde und schildert guten Mutes, dass sie dennoch den Umgang mit Haifischen nicht entbehren müsse, schließlich sähe hier niemand so aus, als würden ihm nicht die Zähne nachwachsen.

»Da muss man sich doch wundern«, bemüht David seine Fassungslosigkeit, »es ist leichter, sich eine Beule in der Kuppel des Petersdoms zu holen, als einen vagen Hinweis dafür zu finden, was dem Allmächtigen vorschwebte, als er dem Mann eine Frau zur Seite stellte. Offensichtlich hatte er gute Gründe dafür, jeden Fingerzeig zu vermeiden, der auf ihre latente Unberechenbarkeit hinweisen könnte.«

Und als fühlte sich das Weißhaupt in seiner bevorzugten Rolle bestätigt, erklärt er, Xenias Worte nur so ernst zu nehmen, wie sie sich mit Taten besiegeln ließen. Nichts sei so altmodisch wie der Wunsch, jemandem einen Gefallen zu tun, und nichts so modern wie das Bedürfnis, genau dies schnell wieder in Abrede zu stellen.

»Vielleicht bist du aber auch ein bisschen zu überhitzt und gehst mit ihr zu hart ins Gericht«, empfiehlt sich die Hausherrin, »wer seine Ansichten ausschließlich mit Fakten besiegeln möchte, ist entweder Nihilist oder bereits zu betagt, um die Dinge noch auf die Reihe zu bekommen. Jedenfalls dürftest du bemerkt haben, dass deine Enkelin ihr Herz neu entdeckt hat und dass es Gefühle gibt, die keine Ratschläge benötigen, die ganz einfach da sind, weil der Himmel sie geschickt hat. Vielleicht aber hilft es dir weiter, wenn du dein Alter in die Jugend zurückberufst. Die Liebe hat ihre besonderen Qualitäten, ist feudal versponnen und für jede Überraschung zu haben. Sie schlägt Türen ein und dringt in unser ganzes Leben, und manchmal mit völlig neuen Ansichten und Perspektiven. Insofern wärst du gut beraten, dich weniger zu kümmern als zu staunen. Alles andere käme zu früh oder zu spät, zu ungelegen oder zu selbstsüchtig. Außerdem ist heute nicht gestern und schon gar nicht die Zeit, sich damit zu beschäftigen, was das Beste für sie sein könnte. Niemand hat uns je gerufen, auf Wolken zu schweben, die Sterne anzubeten und den Mond zu streicheln.«

»Es ist also der passende Zeitpunkt, dem Mauselochgesicht des Tages die Finsternis zu entreißen«, pflichtet David bei. Unterbreitet die Idee, den bewegten Worten Taten folgen zu lassen, und schlägt vor, der Fantasiewelt der Gedanken ein paar Realitäten nachzureichen. Xenias Auftritt stünde bevor und ließe nicht auf sich warten. Überdies sei die Veranschaulichung nun mal der legitime Herrscher aller Entschlüsse und, was jeder zu hoffen wage, vielleicht die letzte Gelegenheit, sie zu bewundern, oder auch, sich zu ängstigen.

KAPITEL 12

Hier nun sind es die lärmenden Spielstätten des Erlebnisparks, die sich über die vergangenen Dialoge hermachen, sie demontieren und entwerten. Kaum etwas, das noch den Anspruch erhebt, bemerkt oder gehört zu werden. Jeder ist so taub, wie es ihm beliebt oder auch gefällt. Und es ist die zuverlässigste Art, sich von sich selbst zu befreien, derweil die himmelstürmenden Geschosse den Zenit dieser Schwerhörigkeit noch überschreiten und ein Beispiel dafür sind, dass kein Betrag zu hoch sein kann, um sich vor Dummheiten zu schützen.

Der absolute Kick ist es, die Gefahr anzuschnallen und die Angst gewähren zu lassen. Spätestens wenn der Boden sich unter den Füßen öffnet, die Schienen zu tanzen beginnen und der Kontakt zur Erde zischend und blitzend abzureißen droht, erreicht der Thrill seinen Siedepunkt, verfällt so mancher Besucher der fixen Idee, soeben an den Fugen des Weltalls vorbeigeschrappt zu sein, vielleicht auch mit der nachhaltigen Erkenntnis, dass der Mensch sein eigenes Spielzeug ist, ein Tremologestell mit perkussierenden Knochen und der naiven Vorstellung, den Teufel reiten zu müssen, wollte er die Furcht besiegen.

Es ist also kein Wunder, dass sich Nemo an diesem Morgen spontan zu einem Bündel Honigwatte entschließt, wenngleich er sich auch der pfleglichen Nachsicht widmen könnte, bereits dadurch entschädigt zu sein, dass er künftig an dieser betäubenden Spielfabrik finanziell beteiligt sein wird.

»Es ist schon ein verzwicktes Buch, das unser Leben schreibt«, bekennt sich das Weißhaupt der Familie, bittet ihn an einen seiner bevorzugten Würstchenstände, schildert ihre epochale Wirkung auf den Diätplan seiner Frau und resümiert beinahe wehleidig, in absehbarer Zeit auf dieses Vergnügen verzichten zu müssen. »Sie mögen erkennen«, blättert er die Vergangenheit auf, »Erfolg und Preisgabe liegen dicht beieinander und manchmal auch auf einem glühend heißen Grill.«

Und als hätte er damit sein gesamtes Imperium gemeint, verschickt er ein breitwandtaugliches Lächeln über die ölig getropften Gläser seiner Brille und erklärt listigen Blickes, dass es wohl kein Dokument gäbe, das nicht das Siegel seines fettigen Daumenabdrucks tragen würde.

»Ich denke«, so Nemo, »es gibt Gewohnheiten, die umso mehr Gewohnheiten sind, je länger man sie gewähren lässt. Sicherlich wäre es da schon gescheiter, sich neu zu konsolidieren und den alt bestellten Ritualen etwas mehr Humor zukommen zu lassen, zumal niemand ausschließen kann, sie möglicherweise schon viel zu lange viel zu ernst genommen zu haben.«

»Vielleicht war das bisher auch die einzige Chance, dem Sirenengeheul meiner Frau zu entkommen«, hält er entgegen. »Wer stets mit Blitz und Hagel überschüttet wird, wenn draußen die Sonne scheint, stellt auf Dauer keine größeren Ansprüche mehr an das Wetter.«

Tupft sich die Schweißperlen von der Stirn und versichert, dass er sich gewiss noch umstellen könne, dann aber nach seiner Fasson und nicht in dem Anzug, worin ihn andere sehen möchten.

»Ich darf feststellen«, bemerkt Nemo, »Sie haben Ihre Frau an einem Sonntag kennen gelernt und die übrigen Werktage dabei außer Acht gelassen.«

»Wenn Ihnen das eine Lehre ist«, lacht er sich den Senf vom Teller, »bin ich mit dieser Formulierung einverstanden.«

Erinnert ihn an den Auftritt Xenias und meint, dass er diese Weisheit sogleich in die Tat umsetzen könne. Die Gelegenheit sei günstig und der Preis nie höher als in diesem Augenblick. Auch wenn es schwierig würde, sie von ihren halsbrecherischen Eskapaden abzuhalten, noch verzwickter und problematischer wäre es, auf Dauer damit zu leben. Es sei der Trott, der die Menschen scheidet, ihre Inkonsequenz und Nachsicht, vor allem aber die Angst, der Wahrheit in die Pupille zu schauen.

Verweist auf die Richtung, die Nemo einschlagen sollte, wenn er nicht ins Hintertreffen geraten möchte. Das, was sich heute nicht regeln ließe, dürfte der morgige Tag von allein besorgen, und weiß Gott, mit welchen Folgen. Zumindest habe Xenia mit ihrem Versprechen die Tür zur Einsicht für einen Spalt geöffnet, und es wäre schon ein besonderes Privileg, dafür Sorge zu tragen, dass der Wind sie nicht wieder zuschlägt.

»Und vergessen Sie nicht«, schickt das weißhaarige Familienoberhaupt hinterher, »das Fingerspitzengefühl beginnt mit der ersten Stunde des Klavierspiels. Mit einem Anflug von Bibelfestigkeit beschrieben, es geht hierbei nicht Zahn um Zahn, sondern Auge in Auge, nicht um unterschiedliche Meinungen oder Betrachtungen, sondern um die Erkenntnis, dass es keinen Grund dafür geben kann, den Tod zum Spielgefährten zu machen.«

Nun wäre es sicherlich wenig hilfreich, die Besorgnis der Familie Uris als Schwarzmalerei abzutun, dennoch möchte Nemo nicht in Abrede stellen, dass sie den Pessimismus etwas zu teuer handeln, wenn nicht gar provozieren.

Aber wie das Netz der Befürchtungen auch gewebt sein mag, für Nemo dürfte außer Zweifel stehen, sich ebenfalls darin verfangen zu haben. Spätestens als er die besagten Haifische in der Glasglocke umherschwimmen sieht, weiß er, dass es kein Entrinnen mehr geben kann, würden die Biester Xenia attackieren.

Überdies entgeht ihm nicht, dass nun auch er vom Virus der Angst infiziert ist und den Entschluss favorisiert, den Käfig in die Luft zu sprengen, sollte sie ihrem Gelübde untreu werden, sich von den Scheusalen zu trennen.

Kaum nachvollziehbar der Moment, da Xenia ins Becken taucht und sich der Gefahr hingibt, diese Monstren zu streicheln. Ihm ist, als würde er mit einem Schlag unter Strom gesetzt. Keine Nervenfaser, die nicht verrückt spielt und nicht das

Gefühl vermittelt, im eigenen Körper aufgespießt zu werden. Und es sind nicht die einzigen Emotionen, die ihn über die Reichweite des Begreifens hinaus mit Halluzinationen versorgen. Das, was er sieht und was er zu begreifen trachtet, ist die Anstrengung, sich etwas ganz anderes vorzustellen, oder auch der nutzlose Versuch, Tun und Denken zu unterscheiden.

Letztendlich sind es die hysterischen Zurufe des Publikums, denen alles noch zu wenig ist, denen die Haut hinsichtlich des Verharmlosungsfilzes erst wieder brennt, wenn das Unglück seinen Lauf nimmt. Einige könnten sich gewiss vorstellen, Xenia unbekleidet zu sehen: wer sich so weit vorwagt, dürfte auch keine Probleme damit haben, sich nackt zu zeigen. Überdies ist es dann auch die Gier, ihren makellosen Körper bedroht zu sehen, das Verlangen, sich in die Zeilen ihrer Haut einzuschreiben, und die schamlose Besessenheit, ihre jugendliche Unberührtheit zu deflorieren, wenn möglich, mit dem sadistischen Nachweis, dass auf irgendeine Art und Weise schon Blut dabei fließen sollte.

Aber was immer ihre Gemüter auch erhitzt, Nemo sieht sich augenblicklich in einen Eisblock gestellt. So entgeht ihm nicht, dass die Haie spürbar gereizt reagieren, blitzschnelle Bewegungen vollziehen und ganz allgemein nicht den Anschein erwecken, sie hätten das Spiel des Wassers neu entdeckt. Darüber hinaus bemerkt er, dass auch Xenia eine bestimmte Veränderung wahrzunehmen glaubt, zusehends angespannter wirkt, wenn nicht gar nervös und fahrig.

Dass dies nicht der Alltag sein kann und etwas Unvorhergesehenes vorausgegangen sein muss, scheint für Nemo inzwischen außer Frage zu stehen. Wobei sich eine Vielzahl von Ursachen anbietet, letztlich auch jene, dass die Biester den Abschied Xenias auf irgendeine Art und Weise registriert haben könnten, gewisse Nachlässigkeiten verspüren, eventuell sogar die Eile, mit der sie dieses Unternehmen abzuschließen gedenkt.

Da sich die Welt allerdings nicht über die Darstellung und Auslegung verändern oder aufhalten lässt, geschieht das Unausweichliche, gegenwärtig im pulsierenden Licht der Sonne, mit blitzenden Pfeilspitzen und der gespenstischen Ahnung, dass nunmehr der Zeitpunkt gekommen sei, der schauerlichen Beklemmung das Unglück nachzureichen.

Und da die Gewissheit in solchen Situationen allzu gerne die Farbe Rot annimmt, ist auch das Wasser gewillt, sich jener unliebsamen Schattierung zu fügen. Es ist der Moment, der sich nicht mehr einfangen lässt, der alles Geschehen an sich reißt und den Tod der Zeit einplant, jene fühlbare Stille, die nichts mehr gestattet, die das Denken auslöscht und zu der Annahme berechtigt, das Spiel des Lebens sei soeben seiner gänzlichen Trümpfe beraubt worden.

Eigentlich müsste damit das Ende aller Überlegungen besiegelt sein, das Chaos dürfte die Macht übernehmen und der Teufel einmal mehr sein obszönes Lächeln über das Leiden dieser Welt aufsetzen.

Aber wenn die Sekunden stillstehen und die Ewigkeit Einzug hält, ist immer noch ein Wunder möglich, hier in dem Mysterium, dass die Killer urplötzlich über sich selbst herfallen und Xenia die Chance einräumen, sich nach obenhin abzusetzen. Sicherlich ist sie damit nicht außer Gefahr, auch weiß bislang niemand, was ihr inzwischen widerfuhr und wie sehr sie verletzt ist.

Dennoch scheint Nemo gewillt zu sein, der Kletterpartie des Schreckens ein bisschen mehr Halt zu verleihen, womöglich gibt es ja zwischen Jetzt und Endgültig immer noch ein Entkommen, jene schicksalsträchtige Lücke, die jenseits aller Erwartungen zurück ins Leben führt, vielleicht sogar, um dem Tor des Himmels nicht die Andacht zu versagen, es hätte nur den Tod vor Augen. Wollte man dem augenblicklichen Eindruck Glauben schenken, sind es nicht die Engel, die ihr entgegenwinken, sondern zwei kräftige Männerarme, die sie aus dem Becken ziehen.

Gewiss wird Xenia die letzten Sekunden nicht so schnell nachvollziehen können und, was zu erwarten ist, sich für eine

Weile um ihre Arbeit betrogen sehen. Allerdings zeigt sich auch, dass der Wille, die Gefahr zu normalisieren, ein gefräßiges Monster sein kann, das nicht so leicht zu disziplinieren ist.

Aber was immer Xenia dazu veranlasst haben dürfte, sich mit Haifischen zu umgeben, es ist derart naiv bestellt, dass auch alles andere mitgespielt haben könnte, vielleicht sogar ihre Jugend, gepaart mit Trotz und Aufsässigkeit, oder gar die Absicht, sich von dem übermächtigen Status der Familie zu befreien.

Irgend so etwas wird es wohl gewesen sein, das sie dazu bewegte, die Grenzen ihrer Courage zu ertasten, wenn auch stets unter dem Vorbehalt, dass die Menschen nie genau wissen, was ihnen das Leben wert ist.

Allerdings sollte das nicht die Philosophie Nemos sein, nicht jetzt, und, was der Himmel vereiteln möge, auch nicht auf absehbare Zeit. Zunächst einmal schätzt er sich glücklich, Xenia unversehrt in seine Arme schließen zu können. Küsst ihr das ozeanische Abenteuer von den Lippen und ist sich sicher, ihr nebst Schrecken und Bestürzung, etwas von ihrer Sprachlosigkeit genommen zu haben.

Dass Xenia seine Liebesdienste nicht sogleich zum Pazifik ihrer Gefühle macht, versteht sich, ohne es hinterfragen zu müssen. Das, was ihr zurzeit unter die Füße kommt, ist ein schwankendes Papierschiffchen mit wenig Halt und der kläglichen Gewissheit, soeben vor dem Untergang bewahrt worden zu sein. So verspürt sie noch eine Weile den Sturm, der die Segel ihres Daseins kippen wollte, und beklagt den Umstand, dass sie ihm keine bessere Show habe bieten können. Schüttelt ihre salzverklebten Haare zur glitzernden Fontäne auf und verspricht den Meeresungeheuern eine miese Umsiedlung, sollte sich für ihr schäbiges Verhalten keine Erklärung finden lassen.

Offenbar, wie sich zeigt, ist Xenia nicht unbedingt bereit, ausschließlich den Haifischen die Schuld zuzusprechen. Für sie liegt die Befürchtung nahe, dass eines der Tiere verletzt gewesen sein muss und somit ihre Angriffslust der anderen geweckt wurde. Eine Vermutung, die Nemo unvermittelt teilt und mit dem Verdacht krönt, dass sogar ein Verbrechen dahinter stecken könnte, zumal es ihr letzter Auftritt sein sollte und die Täterschaft in Eile geraten sein dürfte, jetzt und augenblicklich zu handeln.

David, der wenig später am Unglücksort eintrifft, braucht nicht lange, um zu erkennen, dass Xenia soeben einem Mordanschlag entkam und dass es höchste Zeit sei, das schändliche Komplott aufzudecken. Ohne nun weitere Überlegungen an den Tag zu verschenken, greift zum Mobiltelefon und erteilt einem seiner Bodyguards den Auftrag, das hübsche Gesicht seiner Haushälterin so lange mit einer Haifischflosse zu streicheln, bis sie willens wäre, ein paar Details auszuspucken. Schließlich sei sie die Einzige gewesen, die Xenias Absichten gekannt hätte und auch ansonsten habe sie nicht unbedingt den Eindruck vermittelt, sie hätte die Loyalität zu ihrem Vermächtnis erhoben.

Ein Thema, das sowohl diesen Morgen als auch die Gemüter in Anspruch nimmt, und was die Erregung nicht besorgt, vermag die Schwärze des Kaffees zu entfachen.

»So ist das, wenn man die Dinge zu großzügig handhabt«, präsentiert sich Xenia ebenso frisch geputzt wie neu geboren. »Offenbar braucht man doch eine Weile, um herauszufinden, dass Fairness und Aufrichtigkeit schlechte Ratgeber für Anstand und Dankbarkeit sind. Man zahlt in jeglicher Hinsicht doppelt, provoziert nur die Gier nach weiteren Forderungen und ist überdies auch noch der Blauäugigkeit verpflichtet, mit Absicht und Wonne betrogen worden zu sein. Vor allem aber ist es die eigene Dummheit, über die man stolpert. Hätte ich gewusst, dass sich hinter dem blassen Milchgesicht eine Gewitterziege verbirgt, wäre mir bestimmt die Idee gekommen, sie an ihren winzigen Hirnwulsten aufzuspießen.«

»Warum so hässliche Gedanken«, erwidert Nemo, »unser ärgster Feind ist die Unsitte zu glauben, man hätte etwas verpasst und müsse nun endlich zurückschlagen. Dass dies nicht der Weg sein kann, beweist sich bereits daran, dass sie nur als Spionin in Frage kommt und sich niemand sicher sein kann, wie viele Stationen zwischen ihr und den Auftraggebern geschaltet sind. Insofern solltest du den Garten der Geschwätzigkeit weiterhin pflegen. Entscheidend ist die Saat, die du darin auszuwerfen gedenkst.«

»Eigentlich hätten auch weniger aparte Worte genügt, um mich zu beeindrucken«, pflichtet David bei, »wenngleich ich schon anmerken möchte, dass wir uns keinen weiteren Striptease leisten können, wollen wir uns nicht auf Dauer der Lächerlichkeit preisgeben. Der Markt des Verbrechens ist üppig ausgelegt und zuweilen um jeden Auftrag verlegen. Folglich bin ich mir nicht sicher, ob du nicht ein bisschen zu viel Ästhetik in dieser Angelegenheit verschwendest. Bislang hat niemand seinen Kopf mit Grazie und Anstand aus der Schlinge ziehen können.«

»Und dennoch ist das, was Samuel sagt, eine Überlegung wert«, entgegnet Xenia, »wahrscheinlich werden wir mit uns bekannten Gesichtern rechnen müssen, eventuell sogar aus dem engsten Familienkreis. Jetzt, da du als neuer Häuptling gehandelt wirst, rüttelst du an den Manifesten des Stammes, bringst die Reihen durcheinander und die ehrsüchtigen Krieger in die Verlegenheit, um den gerechten Tanz betrogen zu werden.«

»In der Tat«, stimmt Nemo zu, »die Feder, die man dir an den Kopf heftet, will dem Speer entnommen sein und nicht einem vorbeilaufenden Truthahn. Insofern solltest du ihnen das Gefühl rüberbringen, dass du die Geier kreisen lassen könntest, wenn dir danach zu Mute wäre. Irgend so eine Verruchtheit sollte dir schon einfallen. Das Geheimnis kommender Leute besteht darin, dass sie Katastrophen heraufbeschwören, die nur sie allein beherrschen können. Und da es dir nicht schwer fallen dürfte, Profil zu zeigen, schrecke sie mit ihren eigenen Dummheiten, verhöhne ihre lächerliche Ambition zur Fehde und stelle klar, dass du ihre Arznei bist, an der sie genesen könnten. Schmücke dich mit Persönlichkeiten aus Politik und Wirtschaft und betone, dass die Mächtigen für dich einen Vornamen haben und dass sie höchst dankbar sind, wenn du sie auf ihre Fähigkeiten ansprichst. Die großen Taten, die ihnen verwehrt blieben, haben sie eh nicht bemerkt. Vermittle den Medien deine Ehrbarkeit, indem du bedürftigen Kindern deinen Erlebnispark kostenfrei zur Verfügung stellst, und erkläre, dass es dir ein besonderes Anliegen sei, dies mit bescheidenen Lettern zu publizieren. Nicht nur, dass der Himmel es dir danken wird, auch die so genannten Herren mit der weißen Weste werden ihre Aufmerksamkeit dabei nicht versagen wollen und, wer weiß, vielleicht sogar zur Nachahmung gezwungen sein.«

»Möglicherweise rührst du sie sogar zu Tränen«, amüsiert sich Xenia, »der gemeinsame Weg entsteht schließlich dadurch, dass irgendwer am Steuer sitzt, während die anderen es bevorzugen, kutschiert zu werden.«

David, dem die Worte offensichtlich ans Herz gehen, revidiert über Handy seinen Auftrag, die Haushälterin unter Druck zu setzen; küsst seiner Nichte auf die Stirn und bemerkt mit lächelndem Unterton, dass es offenbar ein Privileg der Frauen sei, Männern gelegentlich die Augen zu öffnen, auch wenn ihnen nicht immer die Gewissheit mitspielt, einen Volltreffer gelandet zu haben.

KAPITEL 13

Da jeder Anfang zunächst einmal darin besteht, alles auf einmal tun zu wollen, gibt es nichts, was schneller vorankommt als das Chaos. Plötzlich sieht man sich von tausend Fragen umstellt, in tausend Fäden gewickelt und, wenn man so will, in ein Knäuel verstrickt, das überallhin auszubrechen droht, nur nicht in die geplante Richtung.

Um es an der Firma Uris festzumachen, so scheint das Gremium den neuerlichen Vorsitz Davids samt seiner Konzepte nicht unbedingt mit Applaus zu quittieren. Vor allem vermissen sie die klaren Direktiven hinsichtlich der dubiosen Gerüchte um den Tod Leonardos und des heimtückischen Attentats auf Enkeltochter Xenia. Dabei wäre es müßig zu glauben, es ginge ihnen um eine aufrichtige Anteilnahme oder gar um die Wiederherstellung der Ehre, für sie ist es die bestmögliche Gelegenheit, sich zu profilieren, wenn möglich mit der Zusage, diesen Fall persönlich in die Hand nehmen zu können.

Aber wie gesagt, der Tag des Erbes ist wie so oft der Tag der Ernüchterung, manchmal dann auch die bittere Erkenntnis, dass auch die perfektesten Absichten die Baustelle nicht verhindern können. Andererseits wird David begreifen müssen, dass man keine Pläne schmieden kann, wenn dem eigenen Hause die Einigkeit verwehrt bleibt, wenn dem Gemeinwohl die Argumente ausgehen und jeder sich bemüßigt fühlt, das Heil mit sich selbst zu versuchen.

Sicherlich ist dies dann auch die Zeit, der erworbenen Anhänglichkeit ein paar unangenehme Entscheidungen beizumischen. Möchte man den Hauptfeind besiegen, erklärt sich Nemo, müsse man mit den so genannten Freunden im eigenen Lager rechnen. Überreicht David eine Zigarre und meint, dass er von nun an dafür Sorge tragen sollte, dass das Feuer, sich zu behaupten, nie ausgehen möge.

»Zuallererst muss man davon ausgehen, dass es keine unüberwindbaren Abgründe gibt, nur aufsteigende Kräfte«, steuert Xenia bei, »hat man dies erst einmal begriffen, wird man die heiß gebackenen Kastanien auch mit bloßen Fingern aus dem Feuer holen, die Lunte zwischen den Zähnen zünden und die hochnäsig gezüchteten Ganoven einschließlich Beerdigungslilien in die Urne versenken.«

»Wenn ich mich recht entsinne«, so David, »haben wir uns dazu bekannt, den Schauplatz der Auseinandersetzung höchstpersönlich zu bestimmen, mit etwas weniger Gewalt und ein bisschen mehr Verstand. Der Listige riecht den Braten, ehe das Schwein geschlachtet ist, warum nicht auch den Zeitpunkt, sich im bestmöglichen Moment die gescheiteren Ausgangspositionen zu verschaffen.«

»Ich denke«, so Nemo, »es gibt auf nichts eine endgültige Antwort, der Balanceakt gehört zum Leben wie der Gaukler in den Zirkus. Insofern ist es nie umsonst, Poet oder Seiltänzer zu sein, niemand ist prädestinierter, wenn es darum geht, jemanden an der Nase herumzuführen.«

»Trotzdem sollten wir nicht außer Acht lassen«, befleißigt sich Xenia, ihren Dampf loszuwerden, »dass von der Tribüne aus kein Spiel gewonnen werden kann. Die Arena wird stets das Gebot der Stunde sein und sie wird die Grimassen der Tragödie Mensch schminken müssen. Am Ende wird es das Schwert sein, das den Stier in den Sand wirft. Und wir sollten dabei sein, wollen wir nicht vorab als Marionette oder Hohlkopf in der Kiste der Seligen landen.«

»Aber es sollte nicht die Konsequenz sein, sondern eine Alternative«, erwidert David, »noch haben wir die eigentlichen Drahtzieher nicht ausfindig machen können. Wir wissen zwar, was zu tun ist, aber nicht genau, wie wir es anstellen können. Und mit Wollen und Nichtwissen allein geht nichts, wir würden uns nur weitere Affären einhandeln.«

»Es gibt immer etwas zu bekämpfen«, so Xenia, »man muss sich nur genauer umschauen. Und seien es die obligatorischen Stechmücken, jene unseligen Gespenster, die sich in unseren vier Wänden breit gemacht haben. Nicht nur, dass sie sich unserer Polster bedienen, sie haben sich darin eingenistet und verfügen über Kenntnisse, die über jeden erdenklichen Hintern hinausgehen, nicht zuletzt über die Tatsache, ob jemand schwul oder auch nur nachlässig ist, zu viel, wie ich meine, um sich vor größeren Attacken noch den Rücken freizuhalten.«

Nemo, der seine höchst persönlichen Erfahrungen mit diesen Plagegeistern gemacht hat, stellt unter Verdacht, dass es problematisch werden könnte, sie einfach so unter die Klatsche zu befördern. Jedenfalls nicht im Zusammenhang mit jenen Delikten, die den Uris-Clan zuweilen in Atem halten. Vielmehr sei doch anzunehmen, dass es sich hier um ein Syndikat handeln dürfte, das vor keiner Leiche zurückschreckt, nicht einmal vor der eigenen.

»Mit anderen Worten«, resümiert Xenia, »wir gehen, ohne es zu wissen, bereits in einem Totenhemd spazieren, lukrativer umschrieben, in einem Feinkostplakat, das hoch heilig dazu einlädt, angebetet und verspeist zu werden.«

»Um es zu verdeutlichen«, so Nemo, »der Irrsinn wächst mit den größeren Beträgen. Dieses Leben ist ein Treibhausdasein, das im Kleinen züchtet, was sich im Großen nicht mehr beherrschen lässt. Derweil man sich fragen muss, ob die Scheiben sich inzwischen nicht als beschlagener erweisen als der Mensch, der sich dahinter angesiedelt hat.«

»Wie immer wir uns also entscheiden werden«, übersetzt Xenia, »du gehst davon aus, dass es allemal gescheiter wäre, die Schurken für sich zu gewinnen, als sie mit der Prämisse der Bedrohung zu schrecken.«

»Sicherlich wird es schwer werden«, folgert David, »dem verwegenen Clan der Familie diese Ansicht zum Geschenk zu machen. Sie möchten es gewiss direkter und, wenn ich meinen

Kopf verwetten möchte, am liebsten sogar in Dynamit verpackt.«

»Andererseits werden sie nachvollziehen können«, hält Nemo dagegen, »dass man erst einmal auf Gras klopfen muss, um zu wissen, wo sich die Schlangen aufhalten. Außerdem wirst du deinen eigenen Weg gehen müssen, wolltest du nicht dein Gesicht verlieren. Nicht was dir die Ahnen verraten, dürfte für dich noch von Belang sein, sondern wie du es zu tun gedenkst. Die Tradition ist ein Fliegenfänger, der sich durch die Gene schlängelt und mit der unliebsamen Botschaft gesegnet ist, jemanden mit Haut und Haaren darin aufgehängt zu sehen.«

»Ich denke«, lenkt Xenia ein, »David weiß, dass es an der Zeit ist zu handeln und dass man mit Worten nur die Taten lähmt, auch wenn ihm noch nicht so recht einfallen will, wie er seine Widersacher in den Griff bekommen kann, ohne gleich eine neue Konfusion heraufzubeschwören. Sicherlich wäre es am gescheitesten, mit einem Köder zu locken, bei dem sie ihr Image wahren könnten. Sie behielten Recht, ohne zu wissen, dass sie immer noch die gleichen Idioten sind.«

»Genau das ist die Politik, die wir ins Auge fassen sollten«, stimmt Nemo zu, »mit ihr lassen sich die Kulissen beliebig verschieben, die Bühne samt Parts leichter besetzen, und der Rest, wie könnte es anders sein, schaut zu.«

Und als hielten sie das Eisen samt Feuer in der Hand, sieht mit einem Male jeder, was zu tun ist und was sich nicht mehr verhindern lässt. Einigen sich auf das strahlendste Weiß, das die Zähne hergeben, und zeigen sich zuversichtlich, schon bald das entsprechende Lächeln hinterherschicken zu können.

Aber es ist von nun an auch der Weg durch die Spinnennetze kühn konzipierter Inbesitznahmen, die lausige Bereitschaft, wenn erforderlich, mit den bröckelnden Fassaden der Gesichter zu denken und zu verhandeln. Ist man erst einmal in der oberen Etage angekommen, ist niemand mehr unwichtig, auch wenn jeder so ausschaut, als hätte er nur noch sich persönlich zu verwalten. Und dennoch sollte es nicht das Problem sein, wer von wem oder was regiert wird, das Gewissen hat über das Gewissen noch nie eine ehrliche Antwort erteilt.

Insofern ist Nemo dann auch gewillt, dem Staatspräsidenten, der ihn hinsichtlich seiner Ernennung zum Kulturbeauftragten zur Audienz gebeten hat, seinen besten Sonntagsanzug zu präsentieren.

Und derweil er sich auf den Weg begibt, die Glocken der Kathedrale jeder Läuterung gegenüber aufgeschlossen sind, erinnert er sich jener sonderlichen Begebenheit, dass US-Präsident Bush wie auch sein Kriegsgegner Saddam Hussein die gleichen Schuhe aus demselben Geschäft bevorzugten und somit nicht nur den gleichen Geschmack teilten, sondern auch die gleichen Verlogenheiten. Sieht die Macht des Himmels, nichts unberücksichtigt zu lassen, und ist sich gewiss, Gott habe diesen Zufall zu seiner persönlichen Angelegenheit gemacht.

Sicherlich gibt es keinen plausiblen Grund, sich mit dieserlei Gedanken zu befassen, zumal es für ihn im Moment wichtigere Dinge geben dürfte, als sich mit Vorsehungen zu plagen. Sein Erscheinen ist weitaus geringerer Natur, wenn nicht gar schon ein bisschen von Irrelevanz überschattet.

Dass die Gedanken allerdings ebenso abhängig wie frei sein können, erfährt er, als er sich dem Präsidenten gegenübergestellt sieht und ihm zunächst nichts Besseres einfällt, als ihm auf die Füße zu schauen. Und da die Peinlichkeit in der Regel mit weiteren Dummheiten gesegnet ist, verrennt sich Nemo in der Idee, ihn auf seine stattliche Größe hin anzusprechen.

Glücklicherweise ist das Oberhaupt des Staates jedoch in solchen und ähnlichen Verlegenheiten geschult und so erklärt er, dass es nicht unbedingt ein Privileg sein muss, in die Höhe gewachsen zu sein, entscheidend sei, inwieweit das Ansehen mitwachsen würde und ob nicht ein paar Zentimeter weniger die gleichen Dienste erwiesen hätten.

»Sehen Sie, als junger Parlamentarier und Fußballfan war es mir ein Vergnügen, über die Köpfe der Leute hinwegblicken zu können.« Heute hingegen müsse er sich bücken, wenn ihm nicht entgehen möchte, was ihre Augen verraten. Folglich ginge es nicht darum, wie könne er seine Übersicht wahren, sondern wie gewährleiste er den Einblick in die Pupille des anderen.

»Um noch einmal den Fußballspieler ins Gespräch zu bringen«, dezidiert Nemo, »so hat er doch gelernt, über den Rand des Spielfeldes zu schauen, um schneller auf Pässe und Flanken aufmerksam zu werden. Eine Begabung, die tief in unserer Evolutionsgeschichte verankert ist: nämlich die Angst vor Angriffen aus dem Hinterhalt.«

Eine Bemerkung, die nicht unbedingt passend und nicht minder deplaziert sein dürfte, würde der Präsident sich persönlich angesprochen fühlen. Glücklicherweise aber ist dieser damit beschäftigt, jene hoch gestapelten Schreiben, die ihm zur Unterschrift vorliegen, zu signieren. Wollte man eine Vermutung nachreichen, mit der gewohnten Konsequenz, dass das meiste von dem, was ihn zwischen Tür und Angel erreicht, sich in Schall und Rauch verliert.

Aber das sollte Nemo wenig kümmern, er hat sein Thema bestellt und nun wäre es mehr als dümmlich, dem gewonnenen Fahrwasser eine andere Richtung geben zu wollen. Und so brilliert er ebenso verlegen wie zielstrebig der kausalen Aussage entgegen, dass das Auge auf einzigartige Weise mit unbewussten Wahrnehmungen verbunden sei und, wenn nötig, sogar mit der Blindheit des Sehens.

»Wirklich interessant«, konstatiert das Staatsoberhaupt, schaut für einen kurzen Moment über den Rand seiner Brille, bittet um Nachsicht, dass er noch einige Dokumente unterschreiben müsse, und gibt zu verstehen, dass er es gewohnt sei, auf mehreren Hochzeiten zu tanzen, ohne Braut und Bräutigam aus den Augen zu verlieren.

Eine Tugend, mit der sich Nemo anfreunden kann und sich dazu bekennt, den einmal gewonnenen Faden zur vollen Länge hin auszurollen. Schildert, dass der erste Blickkontakt zwischen Mutter und Kind von bedeutsamer Qualität sei, da dieser alle lebenswichtigen Informationen sowie die notwendigen hormonellen Prozesse impliziere und nebst den seelischen Komponenten das Gefühl übermittelt, auf einzigartige Weise miteinander verbunden zu sein.

Einigermaßen versöhnt zeigt sich Nemo, als der Präsident, nachdem er die Blätter eingesammelt, Ecken und Kanten fein säuberlich zusammengeklopft hat, den Film »Casablanca« zurate zieht und den Satz Humphrey Bogarts »Schau mir in die Augen, Kleines« sichtlich gerührt zur Diskussion stellt. Wobei er darauf Wert zu legen scheint, hiermit die absolut passende, definitive Übersetzung gefunden zu haben.

Wirft einen diskreten Blick auf die Oberweite seiner Sekretärin, die zwischenzeitlich mit einer tiefen Verneigung den Kaffee einschenkt, und bemerkt, dass so mancher Augenaufschlag bereits genügte, um sich darin wiederzufinden.

Nemo, dem diese Erfahrung keineswegs fremd ist und der stets bereit gewesen wäre, das Thema zugunsten jener sinnlichen Eindrücke zu wechseln, besinnt sich dennoch des seriösen Fadens und legt dar, dass sich der Blick an Geben und Nehmen orientiere und womöglich der ehrlichste Spiegel sei, sich und andere darin zu erkennen.

Rührt den Kaffee in den Unterteller, schickt ihn zurück in die Tasse, nimmt Maß an den unschuldig weißen Brüsten der Daktylographin, gießt etwas Milch hinterher und unterstreicht noch einmal den Sinn des Geschauten mit den Worten des Revolutionärs Jean Paul Marat, der von sich zu behaupten wusste, er sei das Auge des Volkes.

»Allerdings war das gestern«, fühlt sich der Präsident angesprochen, »heute ist den Leuten fast alles recht, wenn sie nur nicht selbst davon betroffen sind, falls dann überhaupt noch jemand in der Lage wäre, die vielen sozialen und kriegerischen Turbulenzen dieser Welt zu seiner persönlichen Angelegenheit zu machen. Eine Gesellschaft, die lieber traurig als geläutert ist, die mehr Funktionäre als Akteure impliziert, wird auf Dauer mit Blindheit geschlagen sein oder im Frust ertrinken.«

»Bedeutet das nicht auch«, ermittelt Nemo, »dass es an der Zeit sei, der allgemeinen Lethargie an die Wäsche zu gehen und sie, wenn erforderlich, gar mit einer Steuer zu belegen?«

»In der Tat«, doziert der Präsident, »wenn wir nicht wollen, dass der Unverstand die Macht im Staate übernimmt, werden wir uns zu neuen Bildungssystemen bekennen müssen, zu neuen Lehrmethoden, vor allem aber zu einer neuen Denkweise und zu humaneren, menschlich verträglicheren Lebensanschauungen. Der Bürger leidet zunehmend unter Zivilcourage, er weiß zwar, was passieren muss, nicht aber, wie er vorgehen könnte. Er lebt mit einer Flut von Angeboten und Beipackzetteln, ist tausendfach informiert, verfügt über alles, was die Fantasie hergibt, nur nicht über sich selbst.«

»Sie teilen also die Meinung«, entgegnet Nemo, »dass der Mensch dem Individuum Mensch längst entwöhnt ist und alles bevorzugt, was die anderen auch besitzen, dass die Moral sich zu einem konsumträchtigen Gespenst entwickelt hat, mit der Seligsprechung, nichts zu entbehren, auch wenn der Bedarfsträger hierbei, ohne es zu ahnen, mit in den Einkaufskorb gefallen ist. Die Frage wird es also sein, inwieweit da überhaupt noch eine Vision weiterhelfen könnte, um aus dem abtrünnigen Kostgänger wieder einen Abonnenten für Kultur und Kunst zu machen.«

»Dennoch scheinen Sie doch auf einem guten Weg zu sein«, bietet sich der Präsident an, »Sie haben mit ihren Aktivitäten das Lieferantentor zu den moralischeren Gütern einen Spalt weit geöffnet, nun dürften die entsprechenden Früchte nicht länger auf sich warten lassen. Dieses Leben«, gibt er sich überzeugt, »bedarf neuer Gleise und gescheiter Zeitpläne, vor allem aber das Gefühl, dass die Disziplin mitfährt und dass das Billett der Zukunft mit einer neuen Daseinsphilosophie gestempelt ist.«

»Wir haben unsere Füße auf den Mond gesetzt und die Uhr der Lebenserwartung ganz allgemein auf ein brauchbares Datum vorrücken können«, erwidert Nemo, »was uns ganz einfach fehlt, ist das Talent, sich dies begreiflich zu machen. Aber wie die Schuhe auch besohlt sein mögen, unser Schicksal wird es sein, den richtigen Weg zu wählen, und dieser ist weder automatisch gewährleistet noch käuflich zu erwerben.«

»Offensichtlich gibt es keinen heimtückischeren Feind als den mangelnden Glauben an unsere Fähigkeiten«, stimmt der Präsident zu. Schlägt vor, das Gespräch in die Raucherecke zu verlegen, sie hätte den Durchblick zwar auch nicht erfunden, garantiere aber zuweilen eine vertraulichere Atmosphäre, und die sei nun mal nötig, wollte er ihm die Narren am Hofe nicht vorenthalten.

Schildert, dass das Ressort, welches er übernehmen wird, nicht das Paradies der Vollkommenheit war, eher schon der Sündenpfuhl Babylons, ausgelöst durch die genusssüchtigen Eskapaden seines Vorgängers, dem die erotischen Laternen der Sexmeilen heller brannten als die Lichter des Gewissens.

»Nicht nur, dass er sie mit Heroin und Speed vernebelte, er arrangierte die entsprechenden Feten, ließ den Champagner aufschäumen und verstrickte sich zusehends in die Bandentätigkeit von Mädchenhandel und Kinderprostitution. Wobei anzunehmen ist, dass er nicht die einzige Schnepfe im Röhricht war und es nur eine Frage der Zeit sein wird, da sich noch andere Parlamentarier bekennen und verantworten müssen.«

»Es gibt keine Moral für Bessergestellte«, bemerkt Nemo, »weder für Richter noch Priester oder Henker. Dieses Leben transportiert eine Menge dubioser Persönlichkeiten, solche, die in ihrer inneren Leere absaufen und jene, die nicht genug von allem bekommen können.«

»Ich nehme an«, so das Staatsoberhaupt, »dass Sie in Ihrer Tätigkeit als Radiomoderator und Telefonseelsorger eine Fülle seelischen Unrats über sich haben ergehen lassen müssen und, wenn ich vermuten sollte, manchmal auch mit traumatisierten Patienten und nicht minder vielen Beschwichtigungsmechanismen. Aber wie ich mir denke, haben Sie die zerbrochenen Seelen demütig eingesammelt und sie nicht der Desillusionierung preisgegeben. Außerdem hörte ich, dass Sie das Kulturmagazin im TV-Sender übernehmen werden. Insofern geschieht doch einiges zur rechten Zeit und im Hinblick Ihrer Tätigkeit als Kulturbeauftragter äußerst passend. Jedenfalls können Sie mit meiner Unterstützung rechnen und mich bereits jetzt schon als Gesprächspartner vormerken.«

Und da die Worte der Gefälligkeit sich kaum überbieten lassen, sieht der Präsident auch den Moment gekommen, Nemo mit Hinweis auf den nächsten Termin zu verabschieden.

»Sie müssen wissen«, blinzelt er über die Lesebrille, »es sind überwiegend die unangenehmen Dinge, die uns zur Eile mahnen. Um es authentischer zu dokumentieren, erst recht, wenn der Besucher ein hochrangiger Würdenträger ist, der allzu eifrig darum bemüht war, den Segen Gottes in den Schoß der Fruchtbarkeit zu legen.«

KAPITEL 14

Gewiss hat Nemo einstweilen seine Ansprüche geltend machen können, die Frage allerdings, inwieweit er sich dessen bewusst ist, dürfte so weit von ihm entfernt sein, dass man die Antwort hierauf ebenso gut auch erfinden könnte. Zudem liegt es ihm fern, den Zweck der Dinge zu hinterfragen, solange sie nur in Gefallen und Schönheit aufgehen. So manchem Normalbürger genügte bereits ein Ausschnitt seiner Biografie, um ein ganzes Leben damit zu bestreiten.

Aber wer schon einmal mit dem falschen Namen unterwegs ist, den Geist der Verwirrung zu seinem Geständnis gemacht hat, Empörung und Widerspruch zu seinen engsten Vertrauten zählt, dem widerfährt nichts, worüber er sich wundern müsste, schon gar nicht, was ihn von seinem Vorhaben abbringen sollte. Eigentlich ist er genau das, was die Zeit am sehnlichsten braucht, Mensch und Chamäleon, Paganini und Casanova. Insofern wäre er ein vortreffliches Portrait für das Glanzpapier einschlägiger Gazetten.

Augenblicklich sind es jedoch die eher schmucklosen Blätter der Gazetten, die sich über ihn hermachen, sein Konterfei bis zur Unkenntlichkeit stilisieren und der Befürchtung Auftrieb geben, sie würden ihn samt Bildnis auffressen und sukzessive aus der Geschichte eliminieren.

Betrachtet den tristen, farblosen Ton des Deckengewölbes der hiesigen Kathedrale, versucht das einzigartige Flechtwerk aus Lianen, Zweigen und Blattwerk zu entwirren, blickt in die unheimliche Seligkeit ewigen Lichts, bittet den Herrn um Vergebung, da er, Nemo, den Tod der Mücken beschwor und den Beweis zu liefern gedachte, sie hätten sich am Blut der Menschen vergiftet. Außerdem geschieht das meiste nun mal ganz allgemein, eher zufällig und launenhaft, und wenn nicht in seinem Sinne, so doch unter seinen Augen.

Aber ohne nun gleich im Himmel stranden zu wollen, schreitet unser Protagonist durch die verlegen platzierte Galerie seiner Aufpasser, bemerkt ihre Hilflosigkeit unter der Kuppel des Herrn und rät ihnen, die Beine für einen Augenblick zwischen die Bänke zu stellen. Sucht die Register der Orgel auf, bevölkert die Tastaturen mit seinen gnadenlos gestimmten Fingern und begibt sich höchst motiviert an die »Kunst der Fuge«.

Einigermaßen erstaunt ist er, dass sie immer noch sein Gedächtnis bewohnt, seine Griffel kaum einen Patzer zulassen und dank der frenetisch applaudierenden Bodyguards sogar die Einbildung mitspielt, das Werk heute noch jedem Gottesdienst widmen zu können. Dass er hierbei die göttlich inspirierte Akustik der Kathedrale meint, welche die Töne derart human apostrophiert, dass sie auch dann stimmen, wenn sie falsch sind, stört ihn dabei nicht sonderlich.

Andererseits könnte man sogar den Gedanken pflegen, die Kirche hätte immer noch einige Wunder anzubieten, man müsse nur richtig hinhören oder so gut es geht den mächtigen Koloss der Orgel mit zarten, filigranen Noten verzaubern.

Und es ist nicht das einzige Phänomen, das dem Echo des himmlischen Gewölbes innewohnt.

So entdecken die aufrecht gewachsenen Türsteher die segensreiche Gabe, dass ihre ansonsten geballten Fäuste sich augenblicklich falten lassen. Spätestens als sie sich über eine Kiste dünn getropfter Kerzen hermachen und ihre Wünsche ebenso nachhaltig wie eindrucksvoll in Flammen setzen, erfährt jeder etwas von der Botschaft, die in den heiligen Gemäuern zugegen ist.

Selbst dem verschlafenen Betbruder hinter dem Altar entgeht nicht, dass der Herr augenblicklich und in höchstem Maße gefordert sein dürfte, zumal ihm ihre Impertinenz, sich wie zu Hause zu fühlen, auf den Geist geht und sie weiß Gott, wohl kaum an einen Obolus gedacht haben.

Aber wie man so oft erst einmal an die Lippen bringen muss, was des Sinnens Trachten ist, gelingt es dem Seelenhirten, die mutmaßlichen Ganoven zu einer sehenswerten Spende zu animieren. Derweil ihm sichtlich bewegt der Gedanke mitwirkt, jene Großzügigkeit unmittelbar mit einem gemeinsamen »Vater unser« zu besiegeln.

Nemo, der diese selbst ernannte Andacht von der Brüstung her in Augenschein nimmt, verfällt spontan der Inspiration, seine Spielkünste mit dem Choral »Großer Gott, wir loben dich« zu manifestieren, wobei ihm die schwellenden Pedale derart furios unter die Füße kommen, dass die Wangen seiner Bewacher zu glühen beginnen und sie sich mit jeder Träne verwöhnt sehen. Auch begreifen sie, dass man schon eine gewisse höllische Lautstärke braucht, um das Himmelstor zu erreichen.

Eigentlich sollte damit der Tag gütlich eingesegnet sein, jedenfalls hat Nemo selten so dankbare Gesichter gesehen. Der Beweis hierfür findet sich bereits in der Tatsache, dass sie ihn nie so eng abschirmten, selten so ehrfürchtig anschauten und seine Worte selten interessierter ins Gewissen schlossen.

Das nur zur Episode Verinnerlichung, womit die folgenden Stunden allerdings nicht besiegelt sein dürften, nicht zuletzt durch die Nachricht Davids, dass er sich dazu hinreißen ließ, Luciana mit der Übereignung eines feudalen Appartements plus einer beherzten Summe Geldes auszustatten und somit Nemos Souveränität wiederherzustellen.

Eigentlich hätte dieser sich eine hartnäckigere Version ausgemalt, vielleicht auch gewünscht, zumal er erkennen muss, dass alles, was sie ihm glaubhaft zuteil werden ließ, er auch käuflich hätte erwerben können. Aber offensichtlich ist nichts so altmodisch wie der Wunsch, rückhaltlos begehrt zu sein, zumal er bis dato der Meinung war, einen gewissen Charme auf Frauen auszuüben. Und da es nicht so ausschaut, als hätte David einen Volltreffer gelandet, bittet dieser sein eigenmächtiges Vorgehen zu entschuldigen, bedauert den Umstand, ihm in Sachen Liebe nichts Nachhaltigeres berichten zu können, und gibt zu erkennen, dass es offenbar ebenso viele Verrücktheiten wie unausstehliche Gemeinsamkeiten gäbe.

Kommt noch einmal auf den Fall Leonardos zu sprechen und fügt an, dass es auch hier keine Ruhe geben könne, würde man den Enttäuschungen ausschließlich hinterherweinen. Solange das Gespenst »Klonbaby« die Runde macht, so lange wird es im Hause Uris spuken, außerdem müsse man davon ausgehen, dass der künstliche Familienabkömmling im Bauch seiner besessenen Mutter mitwächst und es am Ende schwierig sein dürfte, ihn noch vor der Bewunderung anderer zu bewahren. Da hilft es dann auch sehr wenig, den Beweis dafür erbringen zu können, dass Leonardo von alledem nichts wusste und dass man ihm die erforderlichen Gene bei einer Operation entwendete und zur weiteren Bearbeitung preisgab.

»Was für eine Nachricht«, zeigt sich Xenia bemüht, ihre Fassung zu wahren, »wie man sieht, kann man auch ohne es zu ahnen fruchtbar sein und darüber hinaus äußerst erfolgreich erpresst werden.«

»Ich denke«, bietet sich Nemo an, »es sollte uns gelingen, das infrage kommende Geninstitut dahingehend zu läutern, dass ihm keine andere Wahl bleibt, als den illegal veranschlagten Eingriff rückgängig zu machen. Man müsste nur die Einsicht überbringen, dass die Chancen, sich zu weigern, einem beruflichen Selbstmord gleichkämen und dass die Medien geradezu darauf warten würden, derartige Machenschaften in die Zeilen zu bringen. Überdies dürfte der Institutsleitung aufgehen, dass die Staatsanwaltschaft nicht umhin käme, die schändlichen Delinquenten hinter Schloss und Riegel zu bringen.«

»Ein brauchbarer Gedanke«, stimmt Xenia zu, »dennoch fehlt mir der Glaube, dass wir die mittelalterlichen Kanonen an Bord der Familie Uris damit entschärft hätten, wenn sie nicht schon in Position gebracht wurden. Wollte man Verdächtigeres hinzufügen, könnte es das Weißhaupt persönlich sein, das die Lunten hierfür zu zünden beabsichtigt.« Dafür sprächen das Verschwinden der Haushälterin und seine Art, so zu tun, als hätte er von heute auf morgen den Ruhestand entdeckt.

»Sollte sich das bestätigen«, wertet Nemo ihre Worte, »wäre dies der Exitus aller diplomatischen Überlegungen. Wir müssten Ochs und Esel fürchten und hätten ganz allgemein gesehen aus der königlich gedachten Krippe einen erbärmlichen Stall gemacht.«

»So ist das, wenn Anarchie und Stolz aufeinander prallen«, schüttelt Xenia ihren hübschen Kopf, »allem Anschein nach wird es eminent schwierig, auf anständige Weise alt zu werden. Sollte das die Norm sein, muss man sich bereits heute um jede weiße Strähne ängstigen.«

Inzwischen fragt sich Nemo, was gewesen wäre, hätte er dem Tod der Mücken etwas weniger Bedeutung beigemessen. Möglicherweise würde er heute noch die Zigarettenkringel in den Deckenventilator blasen, ihre anfällige Konsistenz studieren und als umtriebiger Jedermann den Radiosender unsicher machen. Stattdessen bewohnt er ein Schloss mit Park, mit einigen bereitgestellten Jaguaren, einer blinden Horde Bodyguards und dem Bewusstsein, dass das Leben nie so vergänglich war wie heute.

Zählt die Verwandten der Probleme und sieht sich dem Übel gegenüber, ihnen auch noch ins Gesicht lächeln zu müssen, wenn sie mal gerade nicht damit beschäftigt sind, ihre Klauen und Zähne in den Globus zu schlagen.

Entschließt sich in einem unbewachten Moment, seinen Designeranzug gegen die feudale Leichtigkeit verwaschener Klamotten einzutauschen, stellt sich in die verdreckten Schlappen des Gärtners und folgt der besonderen Inspiration, seiner mittlerweile archaisch verkrusteten Haut die Bekanntschaft des Meeres nicht länger vorzuenthalten. Sein Körper würde es ihm danken und seiner namenlosen Seele dürfte die Chance winken, sich jenseits aller Hast und Hektik wieder etwas begreiflicher zu machen.

Aber da zwischen heute und gestern ein Großstück der Erinnerung abgefallen ist, die Stadt sich nach den Verkehrsregeln ständig neu definiert, fällt es ihm schwer, die Richtung einzuhalten, und so landet er zunächst erst einmal in der Altstadt. Nicht unbedingt die dümmste aller Fehlentscheidungen, zumindest hindert sie ihn daran, sich unter der sengenden Glut der Sonne zu verflüssigen. Außerdem hat er bereits genügend Probleme damit, den Formwandler in sich zu disziplinieren. Und wenn er sich mal gerade nicht auf irgendeine Art und Weise entstellt sieht, sind es die anderen, die ihn so anschauen, als käme er von einem fernen Planeten.

Doch wie immer seine Befindlichkeit gesegnet ist, augenblicklich scheint sie so weit hergeholt, dass er nur mit Mühe einen Straßenköter davon abhalten kann, ihm an die Beine zu pinkeln. Und wie fremd er sich wirklich vorkommen muss, unterstreicht die Tatsache, dass ihn die Leute kopfschüttelnd ins Gebet schließen und den Eindruck vermitteln, es ginge jemand in die Seligpreisung seines Selbst über, vielleicht um etwas zu verheimlichen oder auch zu verkünden.

Dass es ganz einfach daran liegen könnte, dass seinem Gesicht die Gleichgültigkeit abhanden gekommen ist und seinem Haupte der Glorienschein des Phlegmas verwehrt bleibt, möchte er zunächst nicht denken, zumal er ansonsten nie sonderliche Probleme damit hatte, sein Desinteresse kundzutun, äußerlich wie auch innerlich. Plötzlich sieht er sich in Zellophan verpackt wie ein teuer bestelltes Geschenk, fast schon ein bisschen zu edel gehandelt.

Sicherlich habe er in den letzten Monaten so manche Scherbe in den Sand getreten, dass man ihm dies allerdings sogleich ansehen sollte, ist schon einigermaßen tragisch und bei Lichte besehen auch kein Grund dafür, ihn auf offener Straße zu markieren.

»Mein Gott«, spricht ihn plötzlich sein Gemüsehändler an, »was ist passiert? Du siehst aus, als hätten dich die Mäuse angenagt, dabei glaubte ich, du seiest die Treppe hinauf- und nicht hinuntergefallen.«

Rauft sich die Haare, zieht ihn in die erstbeste Kaschemme, versichert, dass er nicht sogleich antworten müsse, und bestimmt, dass die Sprache verwöhnt sein will, entweder mit guten Nachrichten oder einem Cognac. Lanciert ihn, als hätte er eine Stange Porree zu verkaufen, behutsam durch die Düsternis des Raumes und gesteht, dass es ihm immer schwerer fiele, zwischen Mensch und Gemüse zu unterscheiden.

»Dann wollen wir darauf trinken, dass du keine Klobürsten verkaufst«, amüsiert sich Nemo.

Zieht das Innenfutter seiner Taschen nach außen, sieht die Leere durch die Löcher wachsen und nimmt betrübt zur Kenntnis, dass er offensichtlich in jeder Hinsicht aus dem Anzug gefallen sei. Erinnert ihn an die Zeit, da er kein Geld hatte, sich aber alles leisten konnte. Bedauert es, ihn anpumpen zu müssen, und versichert, nichts unversucht zu lassen, sich bei ihm zu revanchieren.

»Es soll Leute geben, die an ihren Ersparnissen verelenden«, hält ihm der Salatkopf entgegen, »dabei solltest du wissen, dass es nicht die großen Scheine sein können, wenn man die vielen kleinen Vergnügen dabei aus den Augen verliert.«

»Da magst du Recht haben«, bestätigt Nemo, »es sind die wenigen Sommersprossen, die dein Antlitz verschönen, hast du zu viel davon, ist immer einer enttäuscht, entweder der Betrachter oder der Besitzer.«

»Apropos Sommersprossen«, so die weit gefasste Antwort, »ich hörte, dass Täubchen Luciana deinen antiken Verschlag gegen ein komfortables Appartement eintauschte und Gerüchten zufolge zu diesem Deal gezwungen wurde. Nicht unbedingt ein Quotenrenner, wenn man bedenkt, dass solche Transaktionen nur in kriminellen Kreisen vorkommen.«

»Um die Pünktchen einzusammeln«, so Nemo, »mit diesem Treffer kannst du jede Gazette aufsuchen. Nicht nur, dass du außerordentlich gut informiert bist, du weißt die Dinge sogar hintergründig zu interpretieren. Ich denke, dass es eine der humorvollsten Erfahrungen ist zu erkennen, dass es keine Zielscheibe gibt, hinter der sich nicht mindestens ein Idiot versteckt.«

»Was immer du damit sagen möchtest«, so der Kollege der begrünten Natur, »manchmal glaube ich, dass es dir immer schwerer fällt, die Spreu vom Weizen zu trennen. Um es in deine Sprache zu übersetzen, irgendwann wird dem Geiger alles zur Geige, dem Pauker zur Schwerhörigkeit und dem Gläubigen zum Kreuz.«

»Wie viel Köpfchen unser Gehirn wirklich besitzt«, pflichtet Nemo bei, »lässt sich nicht eindeutig feststellen. Würden wir einen Raum bewohnen, der nach allen Seiten hin schräg ausgerichtet ist, wäre es schier problematisch, darin eine Gerade zu beschreiben, falls die Gerade dann nicht sogar die Schräge ist. Insofern besitzen wir weder eine zuverlässige Umweltinformation noch finden wir irgendeinen Hinweis dafür, dass wir überhaupt jemals in der Lage sein werden, wirklichkeitsnah zu denken.«

»Das erklärt natürlich so manches«, entbietet sich sein Gesprächspartner, »du bist auf dem besten Weg, deine Laune zu verallgemeinern, verlierst die Welt aus den Augen und lässt nur noch gelten, was andere dir eingeredet haben.«

Zieht sich den Weinbrand durch die Kehle, räuspert ein weiteres Getränk herbei und meint, dass wir von nun an über Dinge reden sollten, von denen sie Ahnung hätten.

Blickt in die Runde erprobter Säufer, lobt ihre Hartnäckigkeit, sich zu betäuben, und erklärt, dass dies gewiss nicht die gescheiteste, aber vielleicht wirkungsvollste Antwort sei, mit den Problemen des Lebens fertig zu werden.

Ermahnt Nemo, den alten Gewohnheiten wieder eine Chance einzuräumen, er wäre nicht nur besser darin bestellt gewesen, sondern hätte auch gesünder dabei ausgesehen.

KAPITEL 15

Wie wertvoll die Kultur für die Menschen ist, erfährt man dort, wo man ihr keine Bedeutung beimisst, sie als überflüssig erachtet oder ganz einfach ignoriert. Wobei es dann noch jene gibt, denen sie so selbstverständlich dient wie dem Priester die Bibel, möglicherweise ohne darüber nachzudenken, was denn wäre, hätte sie nie existiert.

Nun möchte Nemo die Familie Uris nicht unbedingt des Banausentums verdächtigen, aber es ist schon einigermaßen schockierend, dass ihm die vielen Kunstschätze erst jetzt bewusst werden und sich offensichtlich auch niemand bewogen fühlte, sie ihm näher vor Augen zu führen.

Schickt den antiken Globus, der die imposante Empfangshalle ziert, mit einem kräftigen Ruck auf seine Umlaufbahn, nimmt die stilvollen Gemälde barocker Künstler ins Gebet, bestaunt die filigranen Fresken des Deckengewölbes, die sich zum Kosmos hin öffnen, und nimmt beeindruckt zur Kenntnis, dass dem Zenit aus Glas die suggestive Kraft innewohnt, als Auge des Universums verstanden zu werden. Derweil die sinnbildlich vergötterten Planeten dem einfallenden Licht tatenvoll beiwohnen und dem Olymp der Sonne ihre gänzliche Vorherrschaft einräumen.

»Eine Schöpfung, die der heiligen Inquisition dazu gereicht haben dürfte, den Scheiterhaufen zu zünden«, schmiegt sich Xenia an Nemos Gedanken, »was einstmals als pure Blasphemie geahndet wurde, ist heute stinknormale Realität, wenn nicht gar der beste Beweis dafür, dass der eigentliche Herrscher dieser Welt ein okkultes Wesen ist, ein Gott der Fantasie und der Intuition, ebenso vorausschauend wie uneingrenzbar, ein spontaner Realist mit einer Menge Halluzinationen im Gepäck. Und er ist der Grund dafür, dass die Wahrheit ein Experiment darstellt, um in Erfahrung zu bringen, was man ihr zumuten kann und was nicht.«

Atmet durch die Tiefe ihres Ausschnitts, versetzt ihre sturmgeladenen Brüste in Aufruhr und gibt sich der wehrhaften Anschaulichkeit hin, dass wir uns die Welt wohl nie so recht begreiflich machen werden und sie am Ende aller Betrachtungen genau das ist, was wir an ihr schon immer auszusetzen hatten.

Nemo, der die trunkenen Weinbeeren unter ihrer Bluse klimpern hört, versucht zu erklären, dass vieles von dem, was der Himmel zu verschenken trachtet, der Ungewissheit verpflichtet ist, sich so geheimnisvoll wie möglich zu präsentieren. Würde sich alles von selbst ergeben, müsste die Sehnsucht in sich verkümmern, die Liebe bekäme keine Knospen und die Zärtlichkeit keine Hinwendung. Insofern ist es nicht verwunderlich, dass wir mit jedem Rätsel ein paar Silben übrig haben, gänzlich unter dem Vorbehalt, dass Geist schon immer mehr war, als wir uns bewusst machen konnten, und dass das Wunder des Begreifens ausbleiben wird, wenn wir es nicht an uns selbst vollziehen.

»Zumindest sollten wir davon ausgehen«, veranschaulicht Xenia, »dass es nicht die Engel sind, die unser Firmament tragen. Das, was die Fresken hergeben, ist keine Gewährleistung, sondern ein Understatement, oder die Verniedlichung dessen, was wir nicht verstehen oder schon immer beklagten. Unser Bewusstsein glitzert mit der Zahnspange im Antlitz unseres Lächelns, ist gleichsam profitabel wie ökonomisch bestellt. Und was nicht unmittelbar in Schönheit erblüht, verharrt im Glauben, Hässlicheres verhindert zu haben, auch wenn am Ende die Tortur überwiegt und der Narr in uns immer noch derselbe ist.«

Dreht den Globus in die entgegengesetzte Richtung und resümiert, dass wir zwar in unserem Leben eine Menge Erfahrungen gesammelt hätten, jedoch keine, bei der es sich lohnen würde, auf Dauer zu verweilen. Insofern dürfte dann auch jeder

Irrtum ein besserer Gesellschafter sein als eine Wahrheit, die keiner kennt.

»Trotzdem hoffe ich«, befleißigt sich David um eine Alternation des Gesprächs, »dass ihr den heutigen Abend nicht als philosophisches Exerzitium betrachtet, sondern einen Pfad der Konversation wählt, den jeder nachvollziehen kann. Charme ist die Art, für alles eine Antwort zu finden, ob sie einem passt oder nicht.«

»Nur weil dir einmal ein gescheiteres Publikum den Hof macht«, so Xenia, »musst du dich nicht gleich aufspielen.«

Bemustert die stämmige Riege der Bediensteten oder gestriger Bodyguards, amüsiert sich über ihre in Stein gemeißelten Gesichter und stellt zur Disposition, dass sie mit jedem Glas Champagner, das sie kredenzen, sich selbst nicht verschonen werden und wahrscheinlich auch nicht können, wollten sie nicht mit halb vollen Gläsern das Parkett beschleichen. Belächelt ihre goldbestickten Brokatschöße, die den Requisiten der Städtischen Bühnen entliehen sind, gibt sich dem schillernden Gesang der Oper des Rosenkavaliers hin, intoniert den Ausschnitt »Es ist halt eine Farce und weiter nichts« und unterstreicht listigen Blickes, dass es wohl nicht die Anmut sei, die es zu wecken gelte, sondern die stille Hoffnung, dass den Gästen die Einsicht verwehrt bleiben möge, von hunderten Jahren Knast bedient zu werden.

»Zuerst hatten wir eine Inspiration«, übernimmt David, »dann eine glänzende Idee und wenig später genau die Probleme, die wir schon immer so und nie anders gesehen haben. Hätten wir alles bedenken wollen, wären wir heute nicht weiter als damals. Außerdem zündet kein Streichholz an glatten Flächen, insofern sollten wir guten Mutes sein, den Abend nicht in Langeweile aufgehen zu lassen. Überdies erwarten wir ein Publikum, das nicht minder bühnentauglich gescheitert ist und den mitreißenden Darbietungen der Gaukler und Illusionisten aufgeschlossen sein dürfte.«

»Dann sollten wir davon ausgehen«, wertet Xenia, »dass alles getan ist, um den Gästen ein halbwegs knisterndes Erlebnis zu bescheren, der Ort der Verdammnis wird's nicht werden, wenn der Teufel mit an Bord ist.«

Lacht als wäre es ihr persönlicher Auftritt, zieht die Oper der Zauberflöte zurate, entscheidet sich für die Partie der Königin der Nacht, besinnt sich ihrer einstmals ausgebildeten Stimme und verinnerlicht den Wortlaut: »Der Hölle Rache kocht in meinem Herzen, Tod und Verzweiflung flammen um mich her«, maßregelt angesichts entflohenen Textes die Zeit gewordene Zeit, besingt die Eile, sich nunmehr festlich schmücken zu müssen und beklagt die Nöte, einen Kleiderschrank bemühen zu müssen, der bislang nur selten ihre Beachtung fand.

Mittlerweile ist der Moment angesagt, den Kreis der Kreise im Tempelrund der Eingangshalle zu begrüßen, überaus pünktlich und mit der wundersamen Anschaulichkeit, dass die Gäste entsprechend der orbikularen Dimensionierung des Raumes zur Prozession angehalten sind und sich ebenso artig wie knapp bemessen die Hände reichen.

Nemo, der dieses Gebaren als Squaredance interpretiert, sieht sich spontan verpflichtet, dem selbst ernannten Zirkus Gaukler und Clowns nachzuliefern, natürlich in der Hoffnung, es gelänge ihnen, dem Prinzip der ungewollten Rotation auf absehbare Zeit Einhalt zu gebieten. Überdies bemerkt er, dass es David augenblicklich die Schuhe auszieht und er die glühenden Kohlen verspürt, die ihn weniger als Gastgeber denn als Fakir dastehen lassen. Derweil die Häuptlinge des Uris-Dynastie nicht minder erstaunt dreinblicken und zusehends geneigt scheinen, irgendwem und warum auch immer Applaus zu spenden. Um also der Galanterie ängstlicher Verlegenheiten nicht den Höhepunkt des Abends vorwegzunehmen, bittet er David, die Leute nicht im Schnupperbereich ihrer Duftwässerchen zu belassen und ihnen die Chance einzuräumen, sich näher kennen zu lernen.

Und was bei ihm mehr als dringlich ankommt, unterstreicht Xenia mit verspätetem Erscheinen, wenn auch in blendender Verfassung, einem Lächeln, das tiefste bis unerschütterlichste Einblicke gewährleistet und nebst provokantester Anschaulichkeit weitaus mehr zu verraten weiß, als die längste Meile dieser Welt je ins Rotlicht stellte. Womit sie einmal mehr dazu beiträgt, die Zweifel zu beseitigten, Gott hätte das Weib ausschließlich der Betrachtung freigegeben.

Als dann David in einer angespannten Rede die anwesenden Gäste namentlich begrüßt, Text und Etikette behutsam zueinander finden, gelingt es Xenia, die eigentlichen Akzente zu setzen. Jedenfalls scheint es ihr vergönnt zu sein, die Aufmerksamkeit aller auf sich zu ziehen. Szenisch vermerkt, sie wählt eine der geschwungenen Treppen, die den Raum himmelwärts streben lassen, mit der Ausgiebigkeit ihrer persönlichen Kurven, setzt Stufe für Stufe in Brand und suggeriert den Verdacht, dass der Palazzo auf steilen Beinen steht und dass es ihr vorbehalten ist, der innewohnenden Geister wahrstes Antlitz zu sein.

Nemo, dem der Auftritt Xenias wie ein Blitz durch die Augen fährt und mehr geblendet als sehend die Gespenster um sich vertreibt, ist augenblicklich geneigt, den Halluzinationen den Vortritt zu geben. Nicht was er sieht, dürfte die Wahrheit sein, sondern was er zu sehen glaubt. Aber wie die meisten Trugbilder nur von kurzer Dauer sind, will es die Vorsehung, dass die atemberaubende Darstellerin sich in seine Arme wirft und der Peinlichkeit verdient macht, sie hätte ihren profitablen Körper längst unter den gläsernen Hammer gebracht.

Gottlob sind dies nur die Trümmerflöße seiner Gedanken und nicht die krallenden Hände der Benachteiligten, wenngleich nicht zu übersehen ist, dass ihm der Wind des Neides aus allen Richtungen bläst und so manch erhitzter Galan mit klammernden Blicken zu verstehen gibt, sein Schicksal hätte ihn um tausend Nächte betrogen.

Aber was dem männlichen Anteil der Gesellschaft als Enttäuschung gereicht, dient dem weiblichen Geschlecht als Genugtuung, respektive ist es ihnen ein Bedürfnis, den beiden den Applaus zukommen zu lassen, der ihnen selbst bislang verwehrt blieb.

Dass sie damit auch das Ende der Rede Davids gemeint haben könnten, ergibt sich rein zufällig, ketzerischer vermerkt, für die Herren der unwiderstehlichen Krawatte zur rechten Zeit.

»Das ist die ersprießlichste und zugleich entzückendste Ansprache, die ich je gehört habe«, beschleicht der Staatspräsident wie von Geisterhand bestellt die Vertrautheit des exzentrischen Duos und gibt zum Besten, dass dem Parlament die Argumente ausgehen müssten, würde diese Art der Darstellung Schule machen. Erlaubt sich, Xenia mit einem Handkuss zu begrüßen, und meint, dass solcherlei erfrischende Intermezzi innerhalb der trüb getropften Zeit ungeahnte Lichtblicke ermöglichen. Ihm zumindest sei irgendwann einmal zu Ohren gekommen, dass dem winterharten Herz kein zartes Veilchen blüht und dass der Sachverstand, ohne Inanspruchnahme von Gespür und Empfindung, nur purer Irrtum leistet.

Bittet seine Gastgeber, so wenig wie möglich Aufhebens um seine Person zu machen, und erklärt, dass seine Amtszeit glücklicherweise kein ewig währendes Postulat sei und es in seinem Interesse stünde, sich diese Tatsache hin und wieder bewusst zu machen.

»Das ist angenehm zu hören«, lächelt Xenia, reicht ihm die Armbanduhr, die sie ihm bei der Begrüßung entwendete, und versichert, dass sich bestimmt genügend Gelegenheiten bieten würden, sich wie zu Hause zu fühlen. Aber noch ehe er dazu kommt, seine Verwunderung unterzubringen, bittet ihn Xenia, er möge sie der Magie zuliebe zum Schafott begleiten, legt seinen Kopf unter die Guillotine und verkündet in Anwesenheit des Strafgerichtshofes bzw. der geladenen Gäste das Ende seiner Amtsperiode. Alles Weitere geschieht dann schneller, als das Auge blicken kann. Das Fallbeil saust zu Boden und das vermeintliche Haupt des Präsidenten auf ein silbernes Tablett. Derweil ein leerer bis hohler Klang das Geschehen nachhaltig beeinflusst und den Schreckgesichtern augenblicklich die Idee zündet, es mit hämischem Gelächter zu quittieren. Sicherlich würde bereits der Applaus genügen, aber entsprechend der Tatsache, dass der geköpfte Kopf urplötzlich alle Merkmale seines politischen Gegners aufweist und so mancher sich enttäuscht sehen dürfte, tröstet der Präsident sie mit den Worten, dass er seinem Kontrahenten gewiss eine gesündere Chance einräumen werde. Das, was dem Zauberkünstler mit Trick und Betrug vergönnt sei, würde dem Parlamentarier als Wunder dienen müssen, real besehen, selten bis gar nicht oder rein zufällig.

Xenia, die es gelernt hat, den Gesprächen die Luftblasen zu nehmen, bevor sie platzen, entschließt sich, mit einem artigen Dankeschön die nächste Attraktion anzukündigen. Diesmal mit der himmlischen Offerte, den anwesenden Weihbischof unter ihren Augen verschwinden zu lassen. Gewährt ihm bis zur Verwandlungsplattform Geleitschutz zweier dienstbar gemachter Engel und bittet den Allmächtigen um Pannenhilfe, sollte ihn der Transporter versehentlich in die Hölle verschicken.

Als dann der Sternregen seine Gestalt in nichts auflöst und erahnen lässt, wohin die Reise geht, materialisiert sich unter den staunenden Blicken des Publikums ein winziges Affenbaby mit Stola über der Schulter und Mitra auf dem Kopf. Selbst ein weiterer Beam-Vorgang sollte nicht die erhoffte Identität bestätigen und anstatt des Gottesdieners einen Neandertaler präsentieren. Erst beim dritten Versuch und unter Androhung, die Außerirdischen anrufen zu müssen, gelingt der teuflischen Apparatur die Wiederherstellung des sichtlich erschöpften Bischofs.

»So ist das, wenn man den Menschen in pure Energie umwandelt«, weiß Xenia zu berichten, »am Ende entdeckt man, dass die Evolutionsgeschichte nie anfälliger war als schon immer.«

Dass es nicht mehr ausschließlich David ist, der mit einer gewissen Sprachlosigkeit zu kämpfen hat, versteht sich inzwischen von selbst. Kaum jemand, der noch die richtige Übersetzung für das findet, was er gesehen oder nicht gesehen hat, was ihm entgangen ist oder er zu verdrängen wusste. Aber was die Worte nicht hergeben, vermögen die Hände wieder zu entreißen, augenblicklich mit demonstrativem Beifall und der Gewissheit, selten so anschaulich hinters Licht geführt worden zu sein.

David, der sich an die Leistungsgrenze seiner Nerven gebracht sieht und mit einer Pause durchaus einverstanden wäre, versucht sein Anliegen unter Zuhilfenahme der Taubstummensprache an Xenia weiterzureichen. Irgendetwas anderes sollte schon passieren, wollte er verhindern, dass sie sich zu weiteren Eskapaden hinreißen lässt.

Doch was immer sie auch seiner Gestik zu entnehmen trachtet, sie interpretiert ihre eigene Meinung, springt in den Glitzerregen des Beamers, entschwindet für Gott und die Welt und kehrt wenig später als Schlange zurück, natürlich ohne größere Verwandlungskünste, dafür jedoch mit viel Haut und wenig Scham.

Und es ist nicht der einzige Schrecken, der David zuteil wird. Wie aus dem Jenseits geklopft tänzelt urplötzlich ein ganzes Sündenregister hinterher, äußerst erotisch verrenkt, fast schon ein bisschen sexistisch. Indes ihre Körper sich zu einem außersinnlichen Flechtwerk zusammenfügen und zu immer anderen Erscheinungsformen desertieren, mit filigranzarten Gliedmaßen, scheinbar abgetrennt oder beiseite gelegt, vielleicht auch als Entstehung einer neuen Wesensform. Finden sich die Köpfe mal gerade nicht unter den Armen ein, dann zwischen den Beinen, besser vermittelt, hier und da, zwischen Sein und Schein, nichts sagend und funktionslos, wobei Licht und Musik diese Illusion vorantreiben und dem Betrachter das Gefühl vermitteln, sphärisch umgarnt zu sein, zuweilen mit dem Anreiz, dem Elysium der Wiedergeburt leibhaftig auf der Spur zu sein. Und wer es anders möchte, wird sich auch mit der Vertreibung des Menschen aus dem Paradies zufrieden geben. Allegorisch betrachtet, das Individuum hat seine Existenz zu Gunsten einer schwer zugänglichen Einheit aufgegeben, vielleicht sogar einem Ungeheuer Platz gemacht. Oder, was denkbar wäre, sich in ein riesiges Molekül verwandelt, in eine bestimmte Spezies, die das Kollektiv Mensch symbolisch ertastet und den Verdacht erweckt, dass der Weg zurück in die Ursuppe aller Anfänge immer gewährleistet ist. Aber mit welchen Eindrücken sich die Zuschauer dieser Darbietung auch zuwenden, dieses Ding, das vor ihren Augen die Treppe hoch kriecht, ist bemerkenswert artistisch unterwegs und dürfte zu keinem Moment etwas von seiner Faszination einbüßen.

Entsprechend lautstark und anhaltend die Ovationen. Selbst Nemo, dem die Treibholzplanken des gesprengten Schiffes gelegentlich noch einmal ins Gedächtnis kamen und der den Abend mit einem Rudergesicht zu beenden glaubte, ist augenblicklich willens, den Sprung aus dem kalten Wasser zurück an Land zu vollziehen.

Nun muss man kein Prophet sein, um zu wissen, dass aus dem Reich der Fantasie noch kein Fasan in den Teller gefallen ist. Mit der Rückkehr in die empirisch nachgeprüfte Realität stellt sich die Notwendigkeit ein, die Gäste unter den Arkaden des Atriums zum Bankett zu bitten, eher rustikal arrangiert als feudal gedacht, eventuell sogar mit einer Prise mittelalterlichen Bacchanals, obschon die Tafel in hoch poliertem Silber glitzert und die kristallenen Kandelaber zu der Anschaulichkeit beitragen, ebenso edel wie romantisch Licht zu verbreiten.

Nicht minder sinnlich erweckend die verstreuten Kräuter heimischer Herkunft, jene Verwandlungsdüfte aus Myrte, Lavendel und Rosmarin, fast schon ein bisschen übervorteilt. Derweil einige Mädchen, gekleidet in jungfräulich weiße Gewänder, den lichten Tönen einer Panflöte verfallen, natürlich mit permanenter Puste und der künstlerischen Entfaltung, den Ewigkeitsatem für sich und die Welt entdeckt zu haben, vielleicht auch, um die reichlich postierten Himmelsväter und Götterboten, die den Innenhof zieren, mit neuem Leben zu versorgen.

Aber was den steinernen Statisten über die Zeit an Behäbigkeit angewachsen ist, dürfte den Gästen als Aperitif dienen, nicht zuletzt ihnen der lukullisch bestückte Tisch vor Augen kommt, der den Appetit aufschnürt, den sie unter Korsagen und Gürtelschnallen spazieren führen. Der Zauber geht also eindeutig an sie zurück und ans leibliche Wohl. Als dann eine athletische Truppe mit meterhohen flammenden Fleischspießen den essenziellen Teil des Mahls ankündigt, sehen sich die engelhaften Musen in das Parterre ihres künstlerischen Aufstiegs versetzt. Von nun an zählt, was sich in Kalorien bemessen und in Prozenten vergessen lässt.

Und wer bis dato glaubte, mit dem richtigen Partner angereist zu sein, amüsiert sich inzwischen prächtig mit dem falschen, die Alten mit den Jungen und die Schönen mit den Reichen, der Klerus mit sich selbst oder, in Anbetung jener Laute spielenden Jünglinge, die den Brunnenrand taufrisch beseelen, mit unverbrauchten Melodien und der Anschaulichkeit, dass Böses nie geschaffen, höchstens gedacht wurde.

KAPITEL 16

Angesichts der beklemmenden Stille, die den folgenden Morgen gefangen hält, könnte man auf den Gedanken kommen, dass sich mit den letzten Besuchern auch die Gesprächigkeit verabschiedet hat, eventuell sogar die Laune. Mit einem Male hört man die Leere atmen, und wenn es nicht der Wind ist, der den Kamin heulend durchstreift, dann die hiesigen Geister, die den gestrigen Abend als Konturenkiller empfunden haben dürften.

Aber vielleicht lässt sich der Tag ja auch realer besingen. Es ist nicht die Nähe des Anderen, die man auf Distanz bringen möchte, es ist das unbehagliche Gefühl, dass etwas im Argen liegt, die wenig erbauliche Tatsache, dass der ehemalige Clanchef und Weißhaupt der Familie sich mehr als rar macht. Wollte man ein weiteres Gespenst wecken, ist es ihm aus irgendwelchen Gründen verwehrt geblieben, seine Abwesenheit zu erklären.

Nemo, der so etwas wie Resignation in Davids Blicken zu spüren glaubt, bemüht den verbliebenen Rest seines überanstrengten Wortschatzes mit der Attitüde, dass Gewissheit ohne Beweise schon immer ein mieses Empfinden ergab.

»Wenn das die Antwort auf die vorangegangene Nacht ist«, bewertet Xenia Nemos Aussage, »muss ich davon ausgehen, dass diesem Tisch mindestens ein Ahnungsloser beiwohnt, wobei nicht auszuschließen ist, dass es auch drei sein könnten. Natürlich aus unterschiedlichen Gründen, die Einbildung hat viele Gesichter, jene, die man kennt und nicht wahrhaben möchte, und solche, denen man sogleich misstraut, da sie uns am ähnlichsten sind.«

Ermahnt David, das Frühstück nicht zu verschmähen, die kommenden Stunden könnten stur geradeaus weitergehen und irgendwo im Graben landen.

»Höre ich da nicht so etwas wie Sirengeheul«, versucht Nemo zu ermitteln, »dabei dachte ich, die Uris-Leute seien Meister der Kurventechnik.«

Nimmt Maß an der auserlesenen Figürlichkeit Xenias, sieht nicht das Problem, das dazu führen könnte, in Pessimismus zu verfallen, und deutet an, dass das Leben mehr zu verteilen hat als Prognosen, die sich erst noch bewahrheiten müssen.

Entschließt sich, der Morgensonne das Lächeln zurückzugeben, unterrichtet sie über seine nächste TV-Sendung, »Mord mit gutem Gewissen«, verspricht sich einen unterhaltsamen Beitrag, verteilt die Brötchen, die ihrer Begutachtung überdrüssig sind, köpft die Eier, ohne zu verraten, an wen er so gerade dachte, und ist guter Dinge, den Tag auf diese Weise noch retten zu können.

»Wenn es um die Verheißung des Paradieses geht«, erläutert er, »verstehen die meisten Glaubenshüter keinen Spaß. Nicht zuletzt sie hinsichtlich der fortschreitenden Globalisierung und des dadurch bedingten Religionszerfalls genau hieraus vertrieben werden könnten.«

»Um es auf den Nenner zu bringen«, beschleunigt Xenia das Thema, »den Gotteskriegern winkt ein himmlischer Empfang, wenn sie sich als Märtyrer erweisen. Und während sie sich auf die Wiedergeburt vorbereiten, die Chöre der Liebesdienerinnen singen hören und von salbungsfreudigen Knaben betanzt werden, widmen sie sich der Seligpreisung des Propheten, und versteigen sich in die Zuversicht durch jene sinnesfrohe Läuterung jene sinnesfrohe Läuterung auf ewig in seinem Lichte erstrahlen zu dürfen. Immer vorausgesetzt, dass die Sprengsätze an ihren Körpern zur Gewissheit beitragen, sich nichts sehnlicher zu wünschen, als den Tod auf Erden voranzutreiben.«

»Wirklich interessant«, bestätigt David, »so wie es sich zusammenreimt, sollte Samuel seine Aufführung aus unseren

Räumlichkeiten bestreiten. Neben den Fresken mit teuflischen Engeln und dutzenden von Blasphemien fänden sich genügend Hinweise, die Lust auf das Jenseits machen dürften.«

»Es ist wie mit der Marmelade«, so Xenia, »du trägst sie einfach zu dick auf, bekleckerst Tisch und Krawatte und riechst immer ein bisschen nach Erdbeeren, streng genommen, ein wenig naiv.«

»Hätte ich gewusst«, so Samuel Nemo, »was der Garten Eden so alles anrichtet, wäre mir bestimmt etwas Erbaulicheres eingefallen.«

»Du musst dich nicht grämen«, schickt Xenia tröstend hinterher, »es wäre dir bestimmt nicht gelungen. Vermutlich hättest du es mit einer Weltformel versucht, und wenn nicht als Alternative zum Paradies, dann um den schiffbrüchigen Gesichtern der Tafelrunde die Perspektiven eines Rettungsrings einzuräumen.«

»Vielleicht geht's auch einfacher«, zeigt sich David gewillt, die gefrorenen Finger auf die Tastatur zu bringen, unterrichtet Nemo über den frühen Anruf der Mordkommission, die eine Leiche aus dem Hafenbecken zog und nach ersten Ermittlungen den vermissten Kapitän erkannt haben wollen.

»Was bedeutet«, unterstreicht Xenia, »dass das Fenster zum Hof einmal mehr sperrangelweit offen steht und nebst Anhörung den Verdacht wecken dürfte, irgendein Familienmitglied hätte bei seinem Tod nachgeholfen.«

»Ich verstehe«, erwidert Nemo, »die Akteure werden weniger, aber das Spiel geht weiter, einschließlich der Befürchtung, die Fahnder könnten auf die Idee kommen, den Uris-Clan der Mittäterschaft zu bezichtigen. Und da der Boss der Bosse zurzeit mit Abwesenheit glänzt, könnte der Gedanke flackern, er hätte sich persönlich darum gekümmert. Andererseits liegt den Fahndern bislang nur ein Phantombild vor, und da ich der Einzige bin, der das Opfer mit dem besagten Delinquenten in Verbindung bringen könnte, ist nichts geschehen, was sich nicht auch ändern ließe.«

»Die Wahrheit ist ein diffiziles Instrument«, empfiehlt sich David, »wer nicht darin geübt ist, verunglückt schneller, als er denken kann. Außerdem solltest du in Betracht ziehen, dass die Fahnder den verschollenen Bootsführer längst identifiziert haben und nur darauf warten, irgendwen aufs Glatteis zu schicken.«

»Das Kind lässt sich bestimmt auch anders schaukeln«, stimmt Xenia zu, »mit Toten lässt sich schlecht verhandeln, sie sorgen dafür, dass das Friedhofspersonal nicht in den Ruhestand geht. Und wenn, wie zu vermuten, ein Verbrechen nicht auszuschließen ist, dürfte die nächste Leiche angesagt sein, Platz ist bekanntermaßen reichlich vorhanden.«

Inzwischen sieht sich dann auch Nemo von hier auf jetzt in eine andere Welt versetzt, aus seiner Laune vertrieben und als Seelenvogel in die Lüfte gerissen, irgendwohin, nur nicht in den Tag, den er sich so verheißungsvoll ausgemalt hatte. Der Auftrieb, den er sich nach dem gestrigen Abend versprach, scheint heute ein instabiler Drachen zu sein, ein überdimensioniertes Fluginsekt mit viel Körper und wenig Flügel, geradezu geschaffen für jede Bruchlandung. Erfahrungsgemäß ist das Leben nur für den Augenblick gedacht, ein Krümel Licht, kurzweilig erblühend und zum Vertilgen freigegeben.

Desto grotesker erscheint da der Vorschlag Xenias, den Vormittag damit zu verbringen, die Hecken des Irrgartens zu beschneiden. Wenn man schon in die Ausweglosigkeit geraten ist, sollte man nicht wie ein Steckling in den Boden wachsen. Überredet Nemo, ihr Gesellschaft zu leisten, und meint, dass man den Trieben ganz allgemein mehr Aufmerksamkeit widmen sollte, möchte man verhindern, dass sie uns über den Kopf wachsen.

»Es gibt viele Wege, sich aus der Verantwortung zu ziehen«, so Nemo, »sicherlich aber ist dies einer der originellsten, wenn nicht gar der verlockendste.«

Sieht sich durch den Glanz ihrer kupfernen Haut geblendet, findet nicht den Grund, ihr zu widersprechen, und stellt in Aussicht, dass Geheimeres bevorstehen dürfte, als zur Schere zu greifen.

Nachdenklich und weniger umschwärmt hingegen der neue Schlossherr, als wäre er in eine Stalaktite getropft, kopfüber von der Decke hängend, fast schon ein bisschen selbstvergessen. Jetzt, da ihn die ganze Verantwortung trifft, passiert es ihm, dass die Welt um ihn ein neues Gesicht fordert, verspürt er so etwas wie eine zweite Geburt. Es ist der Augenblick, da er die Nabelschnur zur Vergangenheit abwerfen wird, sich erneuert, ohne zu entfremden, und zu bekennen, in welcher Schuld er steht, und nicht, wie er sein Gewissen entlasten könnte.

Wie schwer diese Aufgabe allerdings werden sollte, erfährt er, als ihn die Nachricht erreicht, dass sein Vater in seinem Privatjet ums Leben kam und dass die Maschine kurz nach ihrem Abheben explodierte. Ein Attentat, so die amtliche Meldung, sei nicht auszuschließen. Die weniger offizielle, dafür aber brisantere Interpretation ergibt sich seitens einiger Familienangehöriger, die zu berichten wissen, dass sein wenig geliebter Halbbruder ebenfalls an Bord war und es denkbar wäre, dass hier jemand dem Schicksal nachgeholfen hat, letztlich mit der Prämisse, sich selbst in die Luft zu sprengen.

Dass David diese Version nicht erörtern sollte, hat er inzwischen gelernt. So erklärt er, ohne die möglichen Geschehnisse in Zweifel zu ziehen, dass es für solcherlei Idiotien nie eine Wirklichkeit gegeben habe und dass es im Sinne der Vernunft liegen dürfte, jede weitere Beimischung von Spekulationen und Befürchtungen nicht als notwendiges Rezept zu erachten. Verweist auf die Selbstgefälligkeit derer, denen die Institution Uris als bequeme Liaison diente und die nichts außer Acht ließen, sie zu hintergehen. Insofern könne es nur eine Konsequenz geben, das weit gefasste Bündnis Uris auf ein Minimum zu reduzieren.

Dass die Ereignisse ebenso bei Xenia als auch bei Nemo große Betroffenheit auslösen, muss nicht erst diskutiert werden. So beschwört sie den Teufel herauf, würde immer noch jemand der Meinung sein, man könne mit Rechts vor Links jeden Crash verhindern. Beklagt ihre Nachlässigkeit, nicht längst schon gehandelt zu haben, und meint, dass man mit Toleranz und Rücksichtnahme bislang nicht einmal einen Frosch im Teich halten konnte.

»Das klingt nach einer Musik, bei der die Saiten streiken«, sucht Nemo den Eingang des Gesprächs, bemüht die Stelle des Bücherregals, die sich als Bar aufklappen lässt, und verwettet seinen angeschlagenen Kopf, wenn da nicht das Jüngste Gericht mit im Spiel sei.

Verteilt ungefragt einen Cognac und rät den überhitzen Gemütern, nebst innerer Einkehr, dem endgültigen Halali nicht dadurch vorzugreifen, indem sie erneut zur Jagd aufbliesen.

»Wem das Unheil immer noch nicht reicht, der läuft ihm hinterher, wenn nicht unmittelbar in seine Arme. Überdies hätten die kämpferischen Platzhirsche, so tragisch es klingen mag, die Arena stetigen Machtkampfes beide als Verlierer verlassen. Es dürfte also nicht das Thema sein, wie sehen die künftigen Matadoren aus, sondern wie gelingt es, den Konzern so zu organisieren, dass den Dissidenten in spe künftig die Grundlage entzogen wird, gleich woher, irgendwelche Rechte abzuleiten.«

»Es sollte in der Tat das Gebot der Stunde sein, sich neu zu konsolidieren«, bescheinigt David, »mit einem neutralen Verwaltungsrat und geschulten Managern an der Spitze.«

»Aber du möchtest nicht nur Passagier an Bord sein«, stellt Xenia in Frage, »wenn ich mich da recht entsinne, hat Leonardo diese Idee bereits vor dir gehabt und einmal mehr bewiesen, dass es für alles Begräbnisstätten gibt, mit oder ohne Selbstbeschränkung.«

»Der Ehrgeiz sollte nicht so weit gedeihen, dass er jedes Glück unmöglich macht«, hält Nemo dagegen, »und dazu gehört es, sich hin und wider zu beschränken oder auch Nein sagen zu können. Was Not tut ist nicht der Wille, möglichst alles persönlich zu bestreiten, sondern die Fähigkeit, gescheit zu delegieren. Die wahre Stärke eines Menschen besteht darin,

Personen um sich zu scharen, die gelehriger und profilierter sind als man selbst.«

Hüstelt dem Cognac hinterher und meint, dass die Gewohnheiten von gestern schon immer die Abhängigkeiten von morgen waren. Vergleicht Davids Position mit einer einseitig geschlossenen Ehe, die bereits jetzt innerlich zerrütten sei und wenig Chancen beließe, sie noch zu kitten.

Wie schmucklos allerdings seine Worte sind, begreift Nemo, als eine der Bediensteten sichtlich bewegt vor dem Bildnis seiner Eltern ein Rosengebinde aufstellt, sich demonstrativ zu einem Kreuzzeichen entschließt und kläglich zu weinen beginnt. Gewiss ist nun die Zeit gekommen, die seine Anwesenheit überflüssig macht, und so flüchtet Nemo betroffen in die Region seines Gewissens, verteufelt den Gehalt seiner Worte und beschließt, Xenia wie auch David ihrer persönlichen Trauer zu überlassen.

Draußen, wo das Licht sich lautlos auftut, der Wind die streunenden Seelen einfängt, sichtet Nemo für einen kurzen Moment sein persönliches Ich, nicht unbedingt Gewinn bringend, und weiß der Himmel, vielleicht ist es nicht mehr als dieses Streichholz, das sich nur widerspenstig zünden lässt.

Schickt eine Zigarette hinterher, setzt die Blinker Richtung Polizeipräsidium, bemüht seine Erinnerung und gibt dem Kommissariat zu verstehen, dass es sich bei dem Toten bedauerlicherweise nicht um die Leiche des Kapitäns handeln würde, so sehr er auch gehofft hätte, ihn als mutmaßlichen Täter identifizieren zu können. Sieht nicht die Gruft, mit der er das Kapitel ad acta legen könnte, und beschließt, das düstere Dickicht seiner Seele an die Brise des Meeres auszuhändigen.

Hier, am Ende aller Begehbarkeit, wo die Wege sich verabschieden und die Welt ihrem Zuhause hinterhertrauert, hier ist man ihm eine Antwort schuldig geblieben, vermisst er die Erklärung dafür, warum die Schiffsplanken dem geforderten Tod nicht allzu viel entgegenzusetzen hatten und sich nur vorübergehend dazu bekannten, Halt zu gewähren.

Aber so sehr er auch die Wellen zurate zieht, sie scheinen dem Kommen und Gehen derart verpflichtet zu sein, dass sie nicht einen Spritzer Berührung aufkommen lassen. Außer dass sich der Sand um seine Füße scharrt, kleine glitzernde Fische seine Anwesenheit bestaunen, geschieht nichts, was die Silben seines Namens erwecken könnte. Derweil die Seele nicht weniger schräg in den Zeilen steht und die Frage impliziert, inwieweit sie dem Gefäß des Körpers noch verpflichtet sei, wenn sie dann überhaupt zueinander gefunden hätten.

Blickt in die Ferne des Horizonts, die zwischen ihm und den Wolkenschiffen zu entbrennen droht, beklagt ihren heimatlosen Kurs und nimmt zur Kenntnis, dass sie offensichtlich stets dazu verurteilt waren, Tränen über die Welt zu vergießen.

Dennoch sieht er nichts Vergleichbares, das er mit sich ausmachen müsste, seine Biografie ähnelt einem Spinnwebennetz, das dem Wenn und Aber verpflichtet scheint und sich persönlich zum Opfer hat. Vielleicht auch ein Trojanisches Pferd, das als Geschenk gedacht und zur Täuschung freigegeben wurde. Dies alles könnte infrage kommen, jede noch so miese Geschichte, wenn sie sich nur als Tragödie auslegen ließe.

Dann wieder sieht er nicht den Sinn, seiner Authentizität so sehr zu misstrauen, womöglich ist alles das, was er zu sein glaubt, eh nur gespielt, sein Selbst, seine Laune und wahrscheinlich sogar sein ganzes Leben.

Erblickt das Strandgut, das sich in den Klippen verfängt, überspringt alles andere, was sich in ihm angesammelt hat, lauscht dem Gelächter der Möwen hinterher, die der Illusion des Tages ehrlichstes Antlitz sind, und beschließt, von nun an nur noch Fragen zuzulassen, die nicht erst entwurzelt werden müssen.

KAPITEL 17

Es ist die gänzliche Ausdünstung eines Viertels, die Nemo in die Nase steigt, eine Gegend, die keine Fenster und Türen erlaubt, die alles zulässt, was sich draußen ereignet und drinnen abspielt. Ein Gemisch von Abgasen, Räucherfisch und brutzelnden Garnelen, weinenden Kindern und schreienden Müttern, die gänzliche Absage eines Paradieses vor der Kulisse der Gleichgültigkeit, ein Jammerhafen dem die Hoffnungslosigkeit schweigend gegenübersitzt mit steifen Fingern, zittrigen Tassen und einer Hand voll Nichts.

Und von irgendwoher das Gezeter der Kranken, kaum zu unterscheiden vom Gestöhn der Liebenden.

Hier, wo die Gassen den Geruch von Staub und Urin zum alltäglichen Geschenk haben, stellt niemand mehr Forderungen, weder an sich noch an seine Nachbarn.

Die einzigen Wahrhaftigkeiten, die übrig blieben, sind ein paar Kruzifixe und Madonnastatuen, die, hier wie da in einer Nische des Mauerwerks abgestellt, zu einem Kreuzzeichen ermuntern sollen. Oder jene sonderlichen Leichenrituale, abgehalten in den Fluren der Angehörigen, die Gelegenheit bieten, den eingesegneten Körper mit einem Kuss auf Reisen zu schicken, wenn sie dann nicht auch das Glück meinen, endlich Ruhe gefunden zu haben.

Sicherlich gibt es in dieser ausgeladenen Ecke des Seins niemanden, der nicht die Litaneien der Alten als Sprache des Jenseits wertet und ihre spirituelle Kraft als gottgegeben in sich aufnimmt.

Hier, wo die Allmacht seit Generationen aufgebahrt ist und die Toten das Sagen haben, kehrt die Welt sich selbst den Rücken zu, fühlt man die unsichtbare Wand, die sie vom Rest des Daseins trennt und die innewohnenden Menschen für immer darin gefangen hält.

Nemo, der am Rande dieser Enklave seine Kindheit aufstöbert, muss sein Gedächtnis nicht erst bemühen, um zu sehen, dass sich von damals auf heute nichts verändert hat. So blickt er zurück auf eine Zeit, als er auf Knien herumkroch, sich blutig schrammte und immer ein bisschen nach Eiter und Jod roch. Hüpft entlang der Bordsteine, die seit eh und je den Bürgersteig nicht halten konnten, sieht, wie sich die Abwässer davor stauen, und bemisst ihren Verdienst mit den Papierschiffchen, die heute wie damals in einer mehr oder minder übel zugesetzten Kloake um die Wette segeln. Irgendwann ist es dann der sehnlichst erwartete Bach, der ihrer Reise ein Ende bereitet, nicht zuletzt durch eine Armada schwarz gekleideter Frauen, die heute wie gestern damit beschäftigt sind, den Tag sauber zu waschen, indes ihre Beine dem fauligen Wasser zu Diensten sind und nie anregender und schöner dabei aussahen.

Dass die Erinnerungen selten in einem Sonntagsanzug spazieren gehen, dürfte Nemo inzwischen bemerkt haben. Findet ausreichend Beweggründe dafür, seinem Herzen den Terminkalender zu entreißen, der ihn ansonsten in Beschlag genommen hätte, entschließt sich, seinem unweit entfernten Zuhause einen Besuch abzustatten, und kommt zu der bemerkenswerten Erkenntnis, dass hier wie dort die gleichen chaotischen Verhältnisse vorherrschen und dass es keineswegs von besonderem Scharfsinn zeugen könne, die Bühne zu wechseln, wenn anderswo dieselben Stücke gespielt werden.

Eigentlich sollte der Acker der Seele genügend Scherben ausgeworfen haben, als dass Nemo noch mit weiteren Sensationen rechnen müsste. Aber wo kein Ende in Sicht ist, geschieht immer noch etwas, das man nicht einkalkuliert hat. Gegenwärtig mit dem summenden Hinweis, dass der angenommene Tod der Mücken anscheinend nur eine vorübergehende Erscheinung war. Zumindest ist Nemo ziemlich geplättet, als ihn gleichsam ein Chor, wie zur Andacht gerufen, vor seinem Hauseingang willkommen heißt. Und es ist nicht der Narr in ihm, der ihn dies glauben lässt, es ist ihre fühlbare Nähe, der Schrei nach seinem Blute, dieses Etwas, das in ihm den Zwang auslöst, Türen und Fenster für sie zu öffnen.

Stiehlt sich in den Garten, in dem er seine Erinnerungen vergraben hält, spürt die Blumen auf, die darüber Wache halten, erweckt mit tiefen Atemzügen ihren Duft und alles andere, was die Vergangenheit ihm bislang nicht genehmigte.

Widmet dem neu gewonnenen Tagebuch seine gänzliche Aufmerksamkeit, liest sich durch den Anspruch seiner Zeilen und nimmt erschrocken zur Kenntnis, dass dem Blütenzauber des Frühlings die Früchte nachgereift sind, die nunmehr ungepflückt im Geäst der Zeit verkrusten und das Jahr heimlich zur Ader bitten.

»Heutzutage gilt es bereits als cool, sein Leben nichts ahnend aufs Spiel zu setzen«, sieht sich Nemo plötzlich den Worten des Kommissars ausgesetzt, »es lenkt vom Wesentlichen ab, verhindert, genauer hinzuschauen, und boykottiert in entmutigender Weise jegliche Form der Wahrheit.«

Spricht ihn auf seine Borniertheit an, die Leiche des Kapitäns nicht wieder erkannt zu haben, und schildert, dass er sich wie ein Lamm verhalten hätte, das geradezu darauf warte, zur Schlachtbank geführt zu werden. Um es also deutlich zu machen, inzwischen stellt sich natürlich die Frage, worin die Logik bestehen könnte, eine derart alberne Aussage zu machen, es sei denn, er möchte damit den Kopf eines anderen retten.

»Aber worin die Kunst, eine derart verzwickte Bordüre zu knüpfen, auch bestanden haben mag«, bemüht er den Ernst seiner Lage, »sie wird hoffentlich nicht für die Sänfte gedacht sein, die dich ins Nirwana ewiger Ruhe befördern wird. Es ist also keineswegs der Stern der Verheißung, der über dem Hause Uris leuchtet. Das, was die Pilger aus dem Morgenland zu verteilen haben, ist weder Myrrhe noch Weihrauch, sondern harter Sprengstoff, spätestens wenn Enkeltöchterchen Xenia den sanften Zögling David von der Spitze des Imperiums verdrängt hat. Natürlich mit dezenter Gewalt und in Kenntnis, dass die Protagonisten des Clans diesen Schritt begrüßen. Äußerlich mag sie der Trostengel in Gestalt sein, mitreißend und begehrenswert, wie das Licht, das über Nacht eine Großstadt in Brand setzt, fast schon ein bisschen lasziv, wenn auch innerlich bereits alles nach Vergeltung schreit.«

Sicherlich könnte Nemo einige weitere reizvolle Episoden hinzufügen, unter anderem solche, die offenherzig bestimmt und ehrlich gemeint sind. Andererseits sieht er nicht den Sinn darin, die Dinge wahrhaftiger zu machen, als sie es ohnehin schon sind. Außerdem liegt für ihn die Vermutung nahe, dass der Besuch des Kommissars weniger zufällig als sorgfältig geplant war. So entgeht ihm nicht, dass er den obligatorischen Cognac unbeachtet lässt und mit keiner Silbe die Mücken erwähnt, die ihn augenblicklich heiß umwerben.

»Selbst wenn ich dir zustimmen würde«, sieht Nemo den Moment gekommen, das Thema seiner wenig profitablen Poesie zu berauben, »wir würden dennoch aneinander vorbeireden. Insofern solltest du dir eingestehen, dass du nicht gekommen bist, um Ratschläge zu erteilen, sondern um deine Fürsorge loszuwerden. Real betrachtet, du weißt nicht, wie du mich zur Dealerei bewegen kannst, ohne persönlich daran beteiligt zu sein. Nicht ganz leicht, wie ich mir denke, wenn nicht gar schon ein bisschen aberwitzig. Aber so ist es nun mal mit der Freundschaft, wenn sie nichts Gescheites mehr einbringt, versucht man es mit einer Prise Feindschaft und der hintertriebenen Andeutung, dass es besser sei, mit den Wölfen zu heulen, als von ihnen gefressen zu werden. Im Klartext, dir spielt der Gedanke mit, den außergewöhnlichen Uris-Clan für außergewöhnliche Dienste in Anspruch zu nehmen.«

»Ich wusste nicht, dass du so einsichtig bist«, erwidert der Kommissar, »das erleichtert natürlich unser Gespräch und, was ich zu hoffen wage, auch deine Seele.«

Bekennt sich zu dem Tauschgeschäft Wissen gegen Unkenntnis und versichert, dass die Welt viel besser aussähe, würde man hin und wieder ein Auge zudrücken. Nicht alles, was rechtens sei, müsse gleichsam Recht bedeuten, ein bisschen Betrug gehöre nun mal zu jedem Geschäft. Umfassender betrachtet, was sich nicht verhindern lässt, sollte man befehligen können.

»Wie ich es mir bereits dachte«, erwidert Nemo, »der Besuch des Präsidenten im Schloss Uris hat seine Wirkung nicht verfehlt und ungeahnte Möglichkeiten wachgerüttelt; in erster Linie natürlich solche, die andere für ihn zu erledigen haben, ohne selbst erkannt zu werden. Und da der direkte Weg zu direkten

Freunden über jede Rechenschaft erhaben sein dürfte, hat man dich zum Gesandten auserwählt, natürlich im Sinne des Herrn und zum Wohle des Volkes.«

»Ich denke«, so die Antwort, »man muss das Unmögliche anstreben, um das Mögliche zu erreichen. Irgendwann diskutiert man nicht mehr, weshalb und warum, man tut es ganz einfach, stellt die Uhren auf Vergessen und Vergeben und vertraut darauf, dass die Zeit danach dem Ehrgeiz anderer zum Opfer fallen wird.«

Folglich sieht der Kommissar keine Chance, seinen Gesprächspartner mit vernünftigeren Offerten verwöhnen zu können, und fügt an, dass die Welt im Innern des Herzens oftmals ganz weit draußen ist, und manchmal sogar mit der Hirnrissigkeit, diesen Konflikt höchstpersönlich heraufbeschworen zu haben.

Verweist auf die Grabsteine, die sie sich um den Hals hängen könnten, sollte jemand von ihnen Schwierigkeiten damit bekommen, seine Zunge im Zaum zu halten. Bedauert, den Glanz des Augenblicks nicht getroffen zu haben, wählt den Ausgang über den Garten, duckt sich unter den Blütengehängen der Pergola, die ihm wie eine Narrenkappe aufsitzen, und geht davon aus, dass es im beiderseitigen Einvernehmen liegen müsse, einer Unterhaltung beigewohnt zu haben, die nie wirklich stattfand.

Inzwischen dürfte Nemo erkennen, dass der Hügel, den er zu besteigen glaubte, sich in ein ungestümes Bergmassiv verwandelt hat, mit bizarren Felskanten und der besonderen Referenz, eisig verpackt zu sein. Irgendwie sind es nicht mehr die gleichen Dimensionen, die er antrifft, mit einem Male scheint alles verlegt zu sein, sein Verstand und sein Körper und, weiß der Himmel, sein ganzes Leben. Wo er Licht sucht, stößt er auf Nebelwände und wo ihn die Zeit verlässt, sieht er die kalte Asche des Nichts aufwehen, spürt die unsichtbaren Hände, die sich über ihn hermachen und ihn für eine andere Daseinsform modellieren. Und er spürt, dass er alle möglichen Rollen durchprobiert hat, nur nicht die eigene. Vielleicht ist es genau der Moment, es einmal mit sich selbst zu versuchen, sich selbst wahrzunehmen, auch wenn dieses Ich noch so fern vor sich hindämmert. Einmal aufrecht in der Mitte seiner gedachten Heimat zu stehen wäre schon ein Privileg, vielleicht sogar das größte Abenteuer, wenn nicht gar die Begegnung mit einer neuen Wesensart, einer neuen Individualität, die nur noch Bewusstsein ist, die ohne zu fragen existiert und nur noch Antworten zulässt, die sich von selbst erklären. Ähnlich dem Tintenfass, dem die Silben innewohnen, ohne sie auf Papier quälen zu müssen.

Insofern könnte es auch sein wahrhaftigstes Antlitz sein, fast schon wieder zu ehrlich, um es noch ertragen zu können.

So beschließt Nemo, das Libretto seiner Gedanken mit Musik zu unterlegen, natürlich in der Hoffnung, dass die Tastatur seines Flügels sich noch seiner Finger erinnert und die Seele nicht so weit abgewandert ist, dass sie dem Diesseits noch ein paar irdische Töne zu entlocken versteht; falls sie dann überhaupt aus dieser Welt stammen und nicht auf irgendeine Art und Weise mit der Sprache des Alls verwandt sind.

Aber das sollte Nemo zunächst nicht sonderlich stören, und so brilliert er durch die Intensivstation seiner Empfindungen, erweckt die verschollen geglaubten Geister zu neuem Leben und ist sich sicher, den wahren Dialog mit sich und seinem Schöpfer gefunden zu haben.

Schaut durch die Noten, die ihm wie Augen erscheinen, bespielt das Licht, das von ihnen ausgeht, entlockt ihm ungeahnte Formen und Farben, schreitet durch nie gesehene Paläste und Tempel und nimmt ebenso dankbar wie aufgeregt entgegen, das Himmelstor zu einer neuen Transparenz zu öffnen. Jedenfalls für den Augenblick und im Bewusstsein dessen, dass eine Melodie oder auch nur eine Vogelstimme genügen dürfte, das Universum zu erschaffen. So wie Bilder Dialoge erzeugen, Momentaufnahmen eine ganze Geschichte verändern, so geht alles aus allem hervor, womöglich genügt bereits ein Gedanke, um sich in einer anderen Gestalt wieder zu finden, vielleicht sogar, um eine neue Wirklichkeit entstehen zu lassen.

Durchtränkt seine Seele mit flammenden Akkorden und himmelstürmenden Arpeggien, kürt seine hochgesteckten Empfindungen mit der Mozartscher Genialität und versinkt für eine

Weile in den schwerelosen Ausnahmezustand übersinnlicher Betrachtungen, in eine Welt, die im Einklang allen Wissens existiert und sich nicht erst erklären muss, um bedeutend zu sein.

Aber was Nemo auch zu entdecken glaubt, die Realität hat er dabei nicht ins Spiel gebracht, bestenfalls ein neuerliches Stipendium für seine unerschütterliche Fantasie. Müsste der Zuhörer entscheiden, würde er vermutlich noch sein Talent bescheinigen, ansonsten dürfte ihm nicht entgehen, dass die Pracht der Melodien nicht dornenfrei erblüht. Zu viele Töne sind es, die zwischen den Fingern hängen bleiben und unwiederbringlich ins Nichts abstürzen.

Und es ist sicherlich mehr als bloße Nachlässigkeit, es ist dem sonderlichen Phänomen zuzurechnen, sich selbst aus den Augen verloren zu haben, jenes unbarmherzige Gefühl, von einem Alphabet beherrscht zu sein, das der eigenen Sprache fremd geworden ist, das unter Verzicht seiner Persönlichkeit existiert und nur noch zulässt, was andere ihm eingeredet haben.

Die schlafwandlerische Idee, Musik als Vermittler der Psyche zu wählen, dürfte somit als Schuss in den Ofen gewertet werden. Jedenfalls vermisst Nemo die Notwendigkeit, dem breiten Lächeln der Klaviatur weiterhin zu Diensten zu sein, schließt nicht aus, dass die Distanz zwischen ihm und der Welt weitaus gehässigere Züge bekäme, und begnügt sich mit der Erkenntnis, dass er ebenso gut eine Galaxie anrufen könnte, um nichts in Erfahrung zu bringen, zumindest nichts Gescheites, und nichts, womit sich etwas ändern ließe.

Blickt durch die Spinnweben, die zwischen Weinreben und Fensterläden den Tod gesponnen haben, zählt die Mücken, die darin kleben geblieben sind, und ist sich sicher, dass das Talent nicht erst moralisch definiert werden muss, um Beachtung zu finden. Zuweilen genügen List und Tücke, um ein meisterliches Kunstwerk hervorzubringen.

Nun könnte man dem Glauben verfallen, dass bei so viel Begräbnis die Leiche nicht auf sich warten lässt. Ganz gleich, wer damit gemeint ist, irgendwer ist immer bereit, mit der Düsternis der Schatten Gestalt anzunehmen. Aber wo und wann der Schnitter auch seine Sense ansetzt, Nemo wird augenblicklich eine andere Versuchung zuteil, faszinierender umschrieben, mit dem engelhaften Anblick Lucianas, und nicht etwa als bloße Erscheinung, sondern äußerst leibhaftig mit der unwiderstehlichen Anschaulichkeit ihrer begnadeten Figürlichkeit. Womit sich dann auch die Frage erübrigt, was der Grund ihres Kommens gewesen sein könnte, sie ist ganz einfach da und schon gar nicht wegzudenken.

Umschmeichelt seine Sinne unter Ausschluss aller Erklärungen und gewährt ihm die Antworten, die sie dazu veranlasst haben dürften, ihn zu besuchen. Da Nemo nicht zu den Leuten zählt, Maßnahmen zu ergreifen, die ihn vor sich selbst schützen, umarmt er ihren fürstlich verwöhnten Körper, der sich ihm wie eine offene Hand entgegenstreckt, küsst die Knospen, die sich unter der seidenen Bluse hervortun, spürt die wilde Leidenschaft, die unter ihrer Haut entbrennt, und ist sich gewiss, dass von hier auf jetzt das Geschehen als solches regiert und sich der Bedarf an Worten erschöpft hat.

Das, was bislang Sprache war, wird zur heimlichen Sogkraft der Begierde, zu einem Wirbelsturm, der mit tausend Mündern beseelt jeden Zentimeter Bereitwilligkeit erfasst. Ein Irrsinnslodern, das in nackter Begierde aufgeht und zum Schauplatz rasender Sprengsätze wird, das sich über den Abgrund des Zorns erhebt und bereitwillig zu verschenken trachtet, was man beiderseits an Lust und Vollstreckung aufgespart hat.

Und es ist der Augenblick, den Geysiren der Lüsternheit zu ihrem Ausbruch zu verhelfen, der orgiastische Wille, sich mit unzähligen Tropfen heißester Wollust zu zerstäuben. Gleich dem Sinnesrausch, der aus der Tiefe heimlicher Gewalt emporschießt und ungeahnte Sehnsüchte entfacht. Irgendwo zwischen Schenkel und Schenkel, zwischen hoch aufgeschaukelten Brüsten und dem nackten Unterfangen, der dürstenden Haut Feuer zu reichen.

Überdies sind es ihre Lippen, die sich widerstandslos hingeben, einander festhalten und aussaugen, die alles Licht dieser Welt trinken und im Auf und Ab zügelloser Umarmungen den wahren Quell des Lebens entdecken. Letztlich mit der leidenschaftlichen Hinwendung, den Samen zu schmecken, den man bereitwillig zu verschenken trachtet. So geschieht alles, was in dem Tiefgang wurzelt, die Seele des anderen zu bewohnen, dann sogar mit der Geneigtheit, sich gänzlich darin auszuschütten, sein Selbst und alles, was bisweilen im Verborgenen lag. Vielleicht sogar, um einander neu zu entdecken, sein Wesen zu vermehren, oder gar, um sich in einem gefälligeren Körper wieder zu finden.

Inzwischen ist es dann auch eine einzige Woge, aus der sie hervorgehen, das Gefühl totaler Berührung und Gemeinsamkeit, die Anmut, gänzlich voneinander durchströmt zu sein, mit galoppierenden Pulsschlägen und brennenden Nervenfasern, das entwurzelnde Verlangen, die andere Wirklichkeit zu probieren, vielleicht sogar die Gewissheit, dem anderen Ende des Seins für einen Moment ihre Bereitschaft zu bekunden.

»Wenn es das ist, was du mir erklären wolltest«, zeigt sich Luciana bemüht, ihre zerküssten Glieder einzusammeln, »musst du nicht erst nach einer Antwort suchen.«

Richtet ihre zerzausten Haare, begibt sich unter die kühle Bettdecke und versichert, dem Leuchtturm gemeinsamen Sehens so nahe gekommen zu sein, dass sie für eine Weile das Gefühl überkam, selbst zur Klippe zu werden. Eventuell sogar der Gefahr zuliebe, irgendwo dort zu zerschellen.

Wollte sie dennoch einen Vorstoß in Richtung Wiederherstellung ihres wund gescheuerten Bewusstseins wagen, würde sie zu einem Cognac tendieren, nicht zuletzt er bislang der obligatorische Begleiter ihrer Beziehung war. Außerdem dürfte er dem opulent gehaltenen Menü eine ebenso verträgliche wie auch versöhnliche Note beimessen, zumal nicht auszuschließen wäre, dass das Herz imstande sein könnte, mehrere Melodien gleichzeitig zu singen, und dass trotz ehrlich gemeinter Sinnesbeteuerungen niemand ausschließen möchte, dass die leidenschaftlichen Eruptionen der Zuneigung das Aufkommen einiger Dissonanzen schlechthin eingeplant haben.

»Dieses Dasein erblüht mit der anfälligen Disposition von Mohnblumen«, konkretisiert Luciana, »käme meist nicht über den Tag hinweg und ist immer ein bisschen blutig gefärbt.«

Eigentlich dürften Lucianas Bekenntnisse dazu gereichen, sich ihrer näher zu versichern. Aber Nemo, der immer noch in der trunkenen Wirrnis ihrer Anziehungskraft steht und das Spiel der Begierde nicht gänzlich aufgegeben hat, braucht eine gewisse Zeit, um den Gehalt ihrer Worte auszuloten. Dennoch verspürt er, dass er persönlich gemeint ist und dass irgendein Geschehen vorauseilt, ihm die Grenzen des Begehrens und Verstehens aufzuzeigen oder zu versagen.

Dass letztendlich damit sein Tod angesagt ist, begreift er, als seinen Sinnen ein neues Licht zuteil wird und der Schierlingsbecher ihn zu nie gekannter Leichtigkeit beflügelt, seinen Blutkreis mit der Auflösung ungeahnter Dimensionen beatmet und zu neuen Ufern führt – mit der Gefälligkeit, seinem schiffbrüchigen Leben zur letzten Konsequenz zu verhelfen, dann vielleicht mit einer Seele, die an den Ursprung seines Namens zurückkehrt.

* * *

STERNREISENDER

Gedichte

ANGESICHTS DER OFFENBARUNG

Am Ende aller Fragen
prophetisches Schweigen
vermutlich die Endgültigkeit des
Seins
etwas
das deine Anwesenheit vertilgt
dich aus der Antwort deines
Selbst befreit
sich deiner Stirn annimmt
und von den Runzeln
der Schöpfungsgeschichte erlöst
dann vielleicht
mit der erhebenden Einsicht
nur dem Spiel der Worte
gedient zu haben
gleich dem Fragezeichen
vor und hinter jedem Rätsel.

2002 ISBN 3-8311-1556-7

Aus dem Zyklus: *Ein Morgen, das Gestern war*

Die genetische Arche

Amnesie - für die meisten nur ein ängstlicher Gedanke - ist für Dr. Stern Realität geworden. Nach seiner plötzlichen Entlassung aus einer Nervenklinik spinnt sich um ihn ein Netz obskurer Ereignisse und Intrigen. Es ist der Anfang eines Höllentrips, bei dem Wahn und Wirklichkeit einander die Hände reichen. Überdies lastet auf dem verwirrten Patienten die traumatische Vorstellung, möglicherweise einen Sexualmord begangen zu haben. Im wilden Strudel dieser Geschehnisse stößt er auf das Computerprojekt »Genetische Arche«, dem die Bausteine des Lebens zu Grunde liegen, ihre unermessliche Vielfalt und alles Wissen der Menschheit. Sehr bald jedoch muss Dr. Stern erkennen, dass deren Erbauer, ohne es zu ahnen, das Gespenst Xetex schufen, jene virtuelle Intelligenzbestie, die mehr als nur Bits und Bytes zu verspeisen trachtet.

2002 ISBN 3-8311-3916-4

Geniale Debütanten

»Geist ist überall Geist, wie Licht, das überall Licht ist«, verkündet Astronaut David Fisher. »Dieses Universum hat unsere Sprache voraus, die goldenen Partituren der Künste, allen Wissens und jeglicher Phantasie, aber auch die Stimmen der Finsternis, die Mächte des Profits und Verderbens.«
Und da die Gefahr dort beginnt, wo das Verständnis anderer aufhört, wird für Fisher mit einem Male alles Geschehen zur Flucht, spürt er den tödlichen Windhauch, der ihn jeden Moment in die dünne Wirklichkeit seines Schattens blasen könnte.

2001 ISBN 3-8311-1813-2

Syndikat der Engel

»...dann das Unausweichliche, das Licht verglimmt, und das Paradies fällt zurück in den Kerker der Nächte. Das Einzige, was die Schwärze noch hergibt, sind ihre weißblanken Schenkel, die glitzernde Brandung in ihren Augen und die mörderisch eingekrallte Hand eines Schattens, unbarmherzig verwurzelt mit einem Dolch, der süchtig sein Ziel sucht und mit jedem bisschen Funkeln daran erinnert, dass er der Schmiede der Finsternis seine gnadenlose Kälte zu verdanken hat.«

So unwirklich die Morde inszeniert sind, so widersinnig scheinen ihre Motive. Im Banne dieser mysteriösen Ereignisse glaubt Kriminologin Bellana an ein Verbrechen über das Internet, nicht zuletzt durch die Anfälligkeit fanatischer Konsumenten, die den Computer als Mutterleib ansehen, den digitalen Kosmos in ihren Adern spazieren führen und nur noch annähernd sich selbst sind.

Einmal in diesem Netz gefangen, verwischen die Konturen zwischen Realität und virtueller Wirklichkeit, zwischen Jäger und Gejagten, zwischen Opfer und Täter.

So verstrickt sich Bellana im Laufe ihrer Ermittlungen in den Fängen dieser Machenschaften, jenem unbarmherzigen Syndikat namens »Schwarze Madonna«, das sich zum Ziel gesetzt hat, den Globus Erde telepathisch zu umspinnen und zu entmachten.

2002 ISBN 3-8311-2935-5